随想茂吉

秋葉四郎

Zuiso Mokichi
Shiro Akiba

角川書店

随想茂吉

秋葉四郎

角川書店

まえがき

山形県上山市《かみのやまし》にある斎藤茂吉記念館には作歌初途から何回か行っている。私が師事した佐藤佐太郎が茂吉門の一人で、岩波書店在勤中に茂吉に師事していたから、各歌集の刊行から茂吉全集の編集にも深くかかわり、佐太郎は生涯にわたって斎藤茂吉を尊敬し、その力量を深く理解していた。

茂吉の話は歌会の折などしばしば話題にされたし、茂吉論の著書も数冊あり、茂吉の歌の解釈など特に鋭く、その著書『茂吉秀歌』上下（岩波新書）に集約され、名著と思う。

その門人の一人である私が斎藤茂吉記念館にかかわれ、評議員を五年、館長を十年勤めさせていただいている。

その折々、「館報」にも茂吉随想を書く機会を多くいただき、ある時は上山市市報に、茂吉について連載する機会もいただき、その期間が十二か月にもわたり、心から感謝して執筆させていただいた。
その他、歌人としてしばしば雑誌等にも茂吉について執筆する機会をいただいている。偉大な斎藤茂吉先生を讃えて運営される斎藤茂吉記念館には言葉に尽くせない恩恵にあずかっている。もろもろの感謝をひたすらこめて、この一冊を世に送らせていただくものです。

秋葉四郎

令和六年二月吉日

目次

装幀　片岡忠彦
ＤＴＰ　南　一夫
資料提供：斎藤茂吉記念館
協力：上山市役所、いりの舎

I

人間茂吉——その魅力、その偉大さ

1　斎藤茂吉という人（1）

明治29年4月、14歳の茂吉少年は上山尋常高等小学校高等科を優秀な成績で卒業し、その年の8月、同郷の斎藤喜一郎（紀一）の経営する浅草医院の後継者となるために上京、斎藤家に寄宿した。ふるさと金瓶《かなかめ》を遠く離れ、初めて見聞き、体験する東京での生活に戸惑いながらも、たちまち慣れ親しみ、開成中学校・第一高等学校から東京帝国大学医科大学に入学し、医学の道をきわめ医学博士となった。その功績は、近代日本の精神医学会の先駆者であったことが広く知られている。同時に、日本固有の文学である短歌の道に進み、『万葉集』第一の歌人である柿本人麿《かきのもとのひとまろ》以来の大歌人といわれるまでの存在となった。

偉大な茂吉の根本を流れていたものは何であったのだろうか。茂吉には少年時代から終生備わっていた輝く才能があった。茂吉のたぐいまれな才能の第一は、少年時代から壮年・晩年にいたるまで文章力と文字言語の読解力に並はずれて優れ、しかも筆記することが特別に速く丁寧であったことである。

岩波書店員として茂吉を支えた門人の佐藤佐太郎は、茂吉の近くで多く過ごした歌人の一人だ。その佐太郎の証言によると、茂吉は頭の回転の速い人で筆記の速さがそれに一致していて、とにかく原稿をたちまちに書き上げ、あらゆる原稿は浄書を必要としなかったと言っている。

茂吉の自筆原稿は数多く残っており、現在、斎藤茂吉記念館にそのほとんどが寄贈され、ほかに例を見ないほど、肉筆資料の充実につながっている。

このことは、父・守谷熊次郎（改め伝右衛門）が几帳面に日記をつけていたことの影響もあるだろうし、茂吉が年少のころ、生家の隣の宝泉寺住職・佐原《さわら》窿応《りゅうおう》の存在も大きかったと思う。窿応は金瓶学校の教師もつとめた経験を持ち、茂吉少年を可愛がり、書道と作文にいわば英才教育をし、ほかにも、日本外史の素読《そどく》なども教えている。これらが茂吉の生涯に大きな自信を与えたことは間違いのないことだ。

第二は、言葉に敏感で、同じ世代の何倍も語彙力《ごいりょく》が高く、それを使いこなす応用力、思考力、創造力が豊かであったことだ。第一高等学校時代の文芸活動などの資料からも知ることができ、第一歌集『赤光《しやっこう》』はその結実であり、歌壇のみでなく、文壇に大きな反響をもって迎えられた。

のちに短歌を作るために「言語包蔵《げんごほうぞう》」（必要な時に使うお金を貯金しておくように、良い言葉を蓄えておき表現に役立てること）を唱えたが、自らも常にこれを実行していたと思われる。

第三は、脚力を中心にした行動力が秀でていたことである。14歳の最初の上京の際は、午前1時に提灯をさげた父親に連れられて仙台まで約60キロの道のりを歩いて行っている。途中眠くなると父親の怪談で眠気を飛ばして、元気を取り戻し歩き続けた。日の暮れかかるころ、作並温泉に着き一泊、翌日仙台に着き一泊、仙台から列車で東京に向かったのだった。茂吉は生涯「歩くこと」を苦にせず、歩くことにより身近な体験を楽しむ気風も年少のときから持っていた。茂吉の旅の原点でもある。

これがやがて国内各地への旅となり、オーストリア・ドイツ留学後の輝子夫人を迎えてのヨーロッパ諸国を巡る旅、戦時下の中国の旅となっているだろう。それだけに誰よりも見聞を広める体験が豊富かつ多彩であった。この行動力、積極性、探求心が茂吉の大成、創作に大きな力になっていたように思う。

私たちは今、斎藤茂吉記念館の豊富で新鮮な資料の一つひとつに触れることで、茂吉の才能について身近に、しかも体験的に理解を深めることができる。

茂吉（10歳）と実父の守谷熊次郎（後に伝右衛門を襲名）

2　斎藤茂吉という人（2）

明治の文明開化はあらゆる分野に改革をせまり、茂吉が旧制の第一高等学校に入学したころは短歌の革新が提唱され、さまざまな主張と実践がなされていた。代表的な主張では与謝《よさ》野《の》鉄幹《てつかん》・晶子《あきこ》の浪漫《ろまん》派、正岡《まさおか》子規《しき》の写生写実派など、その他が競い合って、新時代の伝統短歌のあり方について多様な潮流が競合する時代でもあった。

茂吉は医家を後継する立場にあったことから医師となることを常に胸中にして、学業をおろそかにすることなく、よく勉強をしている。

その勉強ぶりをしのばせる資料「受験準備ノート」が斎藤茂吉記念館に展示されている。このノートは数学の方程式論で、美しい数字と文字できちんと明快にまとめられている。第一高等学校の入学試験に失敗し、一年間補習を受けている時のものであったと思われる。頭の回転が速く、手ばやく整理したものであることがわかり、茂吉の特色が鮮やかに出ている。同様に各教科の「受験準備ノート」もあったに違いないだろう。

東京大学（当時は帝国大学）への入学は、第一高等学校の卒業試験の順位で、上位グループが東京大学、次のグループが京都大学（当時は京都帝大）というように振り分けられたと

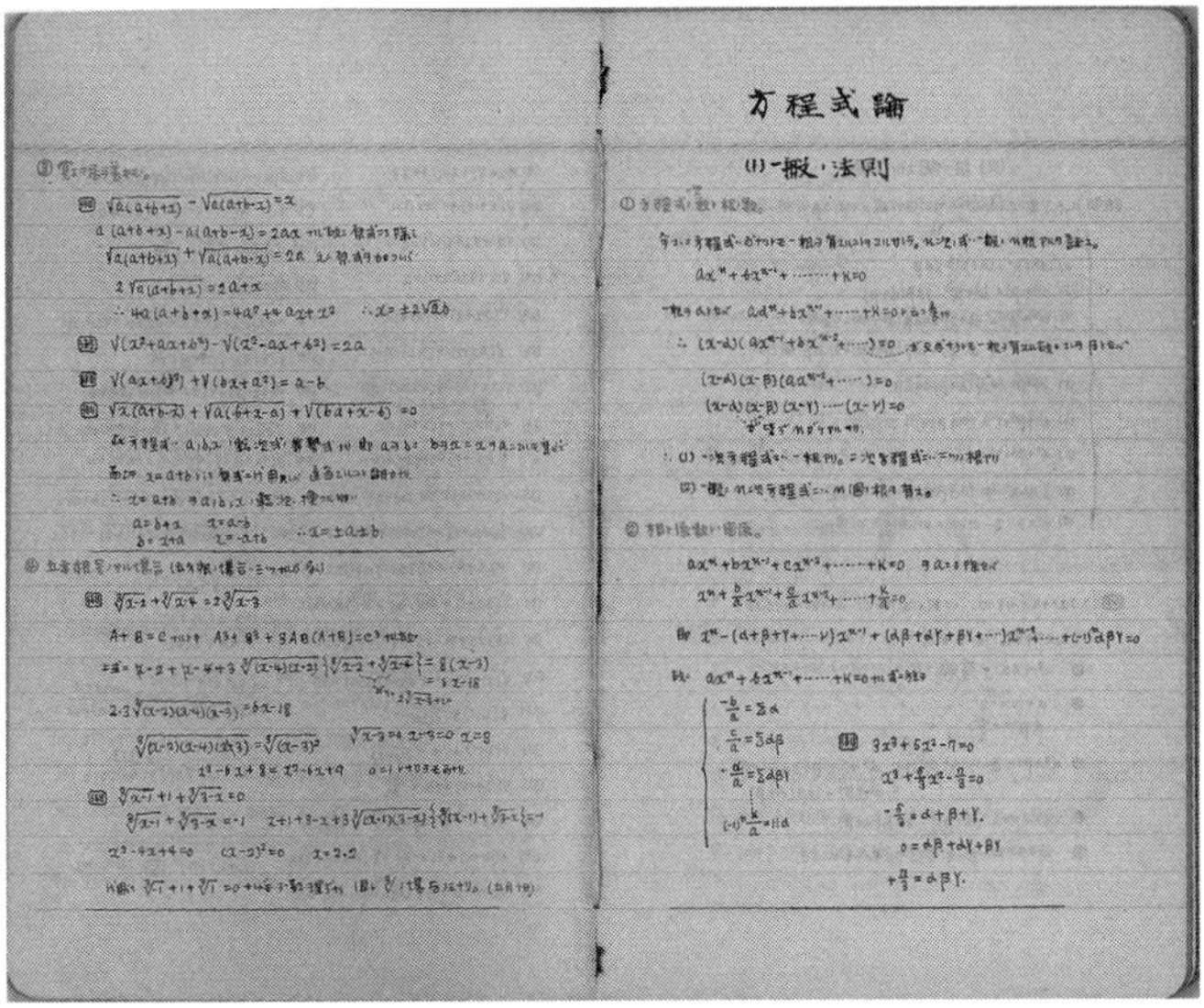

受験準備ノート

いわれている。茂吉は上位グループで、上位14番だったと記す研究書もある。

学問に専心するとともに、茂吉が短歌に惹かれていったのはなぜだろうか。

第一は、もともと茂吉は短歌が好きだったことだ。自分の思いを端的に伝えるために短歌を作っている。天分があり、出征中の兄への手紙にも短歌がしばしば添えられている。明治39年1月、金瓶宝泉寺の佐原《さわら》窿応《りゅうおう》和尚にお礼として送った「味噌歌《みそうた》十首」なども自然に湧いて出た作品と言えよう。

第二は、開成中学、第一高等学校時代から生涯にわたる友人・渡辺《わたなべ》幸造《こうぞう》の強い影響があったことだ。幸造はすでに俳句、短歌の心得があり、茂吉はできた短歌（『赤《しやっ》光《こう》』「地獄極楽図」の原歌など）を送り、教えを受けている。茂吉は幸造に手ほどきを受け、作歌を始めたのだった。

その上に郷里上山を出て最初に学んだ開成中学は、生徒の修為要領（修養目標）17ケ条を掲げており、そのうちの一つに「趣味を高尚ならしむべし天然に親しむべし」という項目があり、茂吉の心をつかんだに違いない。

金瓶宝泉寺の佐原窿応和尚

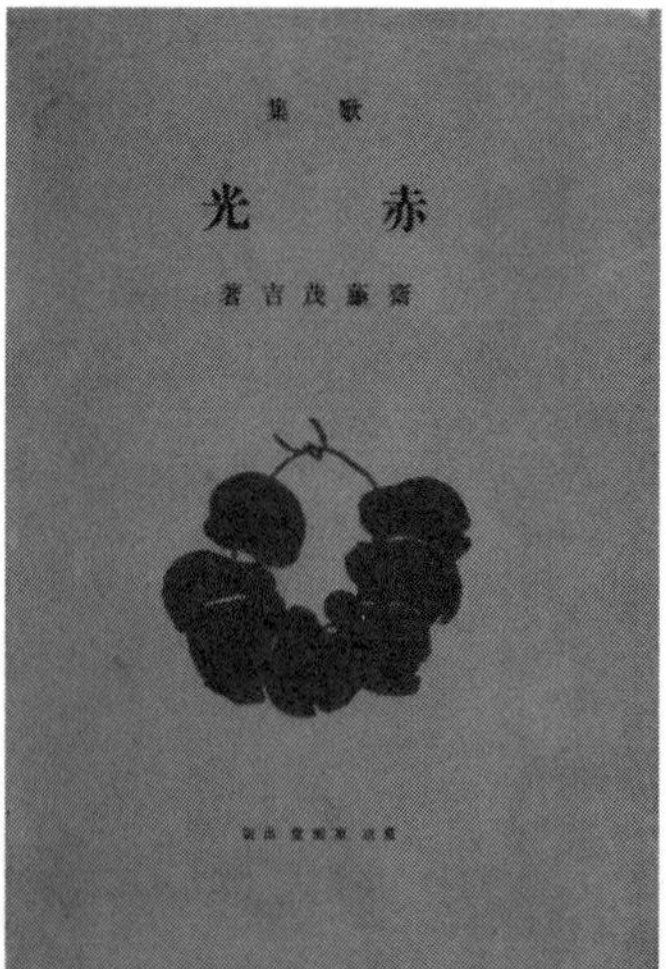

歌集『赤光』

明治38年9月、23歳の茂吉は東京帝国大学医科大学に入学。同年2月に、正岡子規の短歌革新を継承する伊藤左千夫《さちお》らの短歌雑誌「馬酔木《あしび》」を書店で買い求め読み、この影響を受けて、左千夫宛書簡に新作10首を添えて送っている。そのうち5首が選ばれて、翌年2月（明治39年）「馬酔木」第3巻2号に載り、翌月には左千夫を訪ね入門し茂吉の作歌は本格スタートとなった。

「馬酔木」にどんどん歌を出すとともに、歌論も掲載し、左千夫に連れられて森鷗外《もりおうがい》の観《かん》潮楼《ちょうろう》歌会《かかい》に参加。与謝野鉄幹、佐佐木信綱《ささきのぶつな》、石川啄木《たくぼく》、北原白秋《きたはらはくしゅう》らとまみえて、歌人茂吉の大きな礎となったのであった。

3　幸田露伴と茂吉

斎藤茂吉記念館の展示室では「茂吉交友相関図」という写真を添えたパネルが際立っている。茂吉真筆などの数多くの貴重な展示品もあり、生涯の活動や人との交流、足跡などが分かりやすく表されている。私はこれらの多くの写真をじっくりと観るのが何より楽しみだ。観るたびに新しい発見があり、その都度、茂吉という人の偉大さを感じる。また、少年期から晩年まで、常に優れた「人」が茂吉の近くに存在していたことにも気づく。そして、人はどのような人に出会うかで、生涯が決まるように思う。

茂吉は、少年期に宝泉寺の佐原窿応《さわらりゅうおう》和尚に巡り会ったことをはじめ、夏目漱石や森鷗外《おうがい》、伊藤左千夫《さちお》、幸田露伴《こうだろはん》、親友の渡辺幸造《こうぞう》など生涯にわたって出会う人に恵

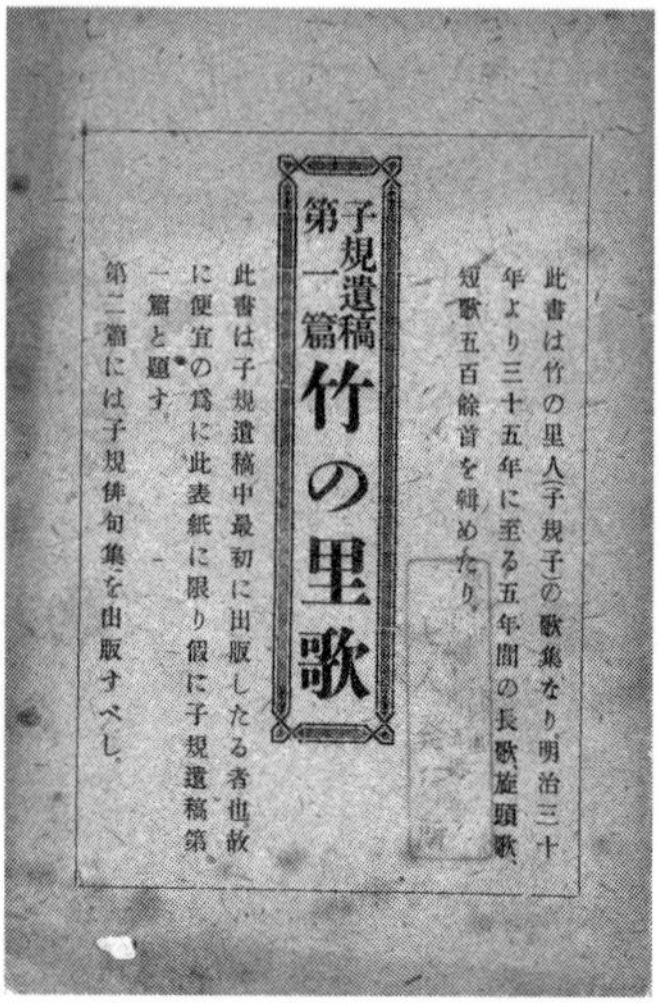

正岡子規遺稿集『竹の里歌』

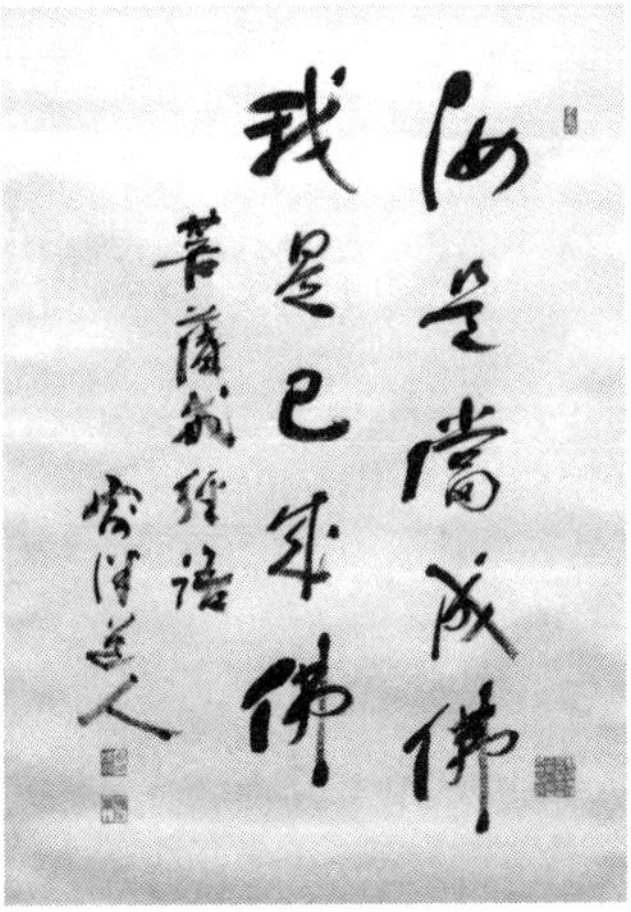

幸田露伴の色紙

幸田露伴

まれていた。正岡《まさおか》子規《しき》は茂吉が一高生時代に亡くなっているが、その時、校友会誌に追悼文を書いており、やがて子規の遺稿集を読み根岸短歌会系（やがてアララギ系）の歌人として作歌を本格的に始めている。

　専門の医学では、東京帝国大学医科大学から巣鴨病院勤務の頃に精神病学の教えを受けた恩師の呉《くれ》秀三《しゅうぞう》を尊敬し、その縁でドイツ留学中に精神医学の世界的権威オーベルシュタイネルにも師事した。

　そのような人との関わりの豊かさの中で、日本の近代文学の巨匠で先進の幸田露伴と交流があったことは茂吉に相応しいことであったように思う。茂吉は開成中学時代から、露伴の小説を愛読しており、いわば意中の流行作家であった。

第一歌集『赤光《しやっこう》』(大正2年)以来、歌壇の中心で活躍中の昭和9年、岩波書店の計らいで、熱海で会い、その後訪問し、露伴からさまざまな教えを受けている。第二次世界大戦の戦局が厳しくなって物資が不足した時代、茂吉は幸田家に生活物資を届けており、娘の幸田文《あや》が茂吉に宛てた礼状も残っている。

やがて東京空爆が激しくなったことで、茂吉は山形に疎開し、露伴も信州などに離れた。露伴は戦後、千葉県の市川市に住み、昭和22年に亡くなっている。茂吉は最上川のほとりでそれを知り、しみじみとした挽歌を残している。

このような背景があって、斎藤茂吉記念館には露伴の染筆色紙が飾られている。明治の職人気風を感じさせる良い字で、茂吉がどんなに喜び大切にしたかが伝わってくる。「汝《なんじ》是《これ》当《まさに》成仏《じようぶつ》」(煩悩を解脱《げだつ》し悟りを開いて仏となったこと)と記してあり、人の世に生きる迷いや苦しみから抜け出して悠々と生きることを示していることから、50代の茂吉への大きなメッセージだったといえよう。

茂吉は生前、この色紙を門人に示しながら次のように語っている。「露伴先生のはこうして見るとやはりいいね。はじめは楷書で書かれるつもりだった。これでもすこしかたくなっているが。この文句は中学生のころ読んだんだ。昔は全部暗記していたがね。仏典のような諧調の文章だからね」(佐藤佐太郎著『茂吉随聞』岩波書店)。

4　茂吉の聖地 山形・上山

斎藤茂吉記念館の展示室には「茂吉とふるさと山形・上山」というコーナーがあり、茂吉がどんなに故郷を愛し、豊かな自然に親しんだかがよくわかる。山形・上山と東京往来の略年譜をじっくり見ていると、何だか涙ぐましくなってくる。14歳で親元を離れ、養父・斎藤紀一のもとに寄宿し、慣れるまでは親代わりの女中がついていたが、山形訛りだった茂吉少年の精神的な苦労は大変なものであったに違いない。しかし、茂吉が弱音を吐いた形跡は見られない。

旧制の中学校では、発声やイントネーションの違いを学友や教師にさえ笑われながらも日本外史の素読《そどく》を堂々とこなし、高等学校でも友だちをつくり、校友会などでは積極的に活躍している。さらに高等学校では、校内試験の順位で各地の帝国大学に振り分けられる仕組みの中、よく勉強をして見事に東京帝国大学医科大学に入学した。そして一流の精神科医師となり、また万葉以来の大歌人としても多くの業績を残し、文化勲章にも輝いた。

この茂吉を奮い立たせ、支えた精神的なエネルギーはいったいどこからもたらされたのだろうか。もともと天才的な素質が発揮されていることもあるが、その大きな要素にふるさと

斎藤茂吉記念館展示室「茂吉とふるさと山形・上山」

山形・上山の豊かな自然や人情があったことを忘れてはならないと私は思う。山形県も上山市も茂吉にとって「生地」であると同時に、心を癒し新しい力をもたらす「聖地」でもあったのだ。これは、しばしば帰省し、長く滞在していることからも理解できよう。15歳の夏に初めて帰省した時は10日間、16歳の夏は約40日間、17歳の夏も約40日間滞在した記録が残っている。

　茂吉が18歳の明治34年2月には現在の奥羽本線が開通する。上ノ山駅が開設され、聖地がぐんと近くなったことは茂吉にとって幸運だった。仙台まで歩いた最初の上京を思えば、どんなに心強かっただろう。その後茂吉は、ますますたくましく大学生活を送りながらも度々帰省をしていたことから、聖地の放つ「気」を受けとめていたように思える。作歌活動が盛んになると、その作品からも感じ取ることができる。

　昭和2年、茂吉は院長として留学中火事で焼失した病院を復興させ、歌人としても歌壇の大家《たいか》の位置にあった。ところが、歌集『白桃《しろもも》』の「後記」には昭和8・9年は不思議に悲嘆《ひたん》事《じ》が続いたと書いており、親しい友人の平福百穂《ひらふくひゃくすい》と中村憲吉《けんきち》の死去を挙げ、「精神的負傷」が作歌に反映されていると書き残している。

この52歳の「負傷」の時も、茂吉は聖地上山に滞在して癒され、新たな力をよみがえらせている。歌集『白桃』の「上ノ山滞在吟」「続上ノ山滞在吟」52首はその時の作品である。

みちのくの山を蔽《おほ》ひて降りみだる雪に遊《あそ》ばむと来《こ》しわれならず
弟《おとうと》と相むかひゐてものを言ふ互《かたみ》のこゝろは父母《ちちはは》のこゝろ

聖地上山に帰って弟の営む旅館「山城屋」に10日ほど滞在し、雪中を散策しながら※「負傷」を乗り越え、東京に帰ったのだった。東京では、4人の子どもに喜んで迎えられ、茂吉は新たな覚悟で子どもたちの養育をするとともに、万葉の歌人・柿本人麿《かきのもとのひとまろ》研究に没頭した。

（※「負傷」はダンスホール事件）

歌集『白桃』

実弟（右）と山城屋前にて

5　蔵王と茂吉

ふるさと上山に蔵王連峰が身近に聳《そび》えていたことは、茂吉のような天性に恵まれた芸術家・抒情《じょじょう》歌人にとってかけがえのない好運であり宝である。他のあらゆる自然についても同じことが言えるが、とくに茂吉の心を豊かにして止まない存在が山形の自然・山々であった。中でも蔵王は、幼少時から茂吉の精神性を高め、歌人としての力量が上がるほど、茂吉の詩精神にも活かされ輝いた。茂吉は医学の道に励みながらも山形の自然の中で際立って代表的な蔵王に心を刺激され、蔵王を見るたび新しい興趣《きょうしゅ》を抱いたのだった。

茂吉は第一歌集『赤光《しゃっこう》』以来17冊ある歌集のうち15冊の歌集に蔵王を讃えて輝く作品を残している（渡欧留学時の歌集2冊には当然蔵王の歌はない）。蔵王を詠んだ最初の歌は、明治44年、29歳の作品で、歌集『赤光』にある「蔵王山」8首中冒頭の1首である。

蔵王《ざわう》をのぼりてゆけばみんなみの吾妻《あづま》の山に雲のゐる見ゆ

また、最晩年の蔵王の歌では、昭和25年、斎藤茂吉最後の歌集『つきかげ』で「蔵王山」

と題した1首を、遠く東京の病床から慕い堂々と詠っている。

ひいでつつ天《あめ》が下《した》なる厳《おごそ》かさ山形《やまがた》あがたの蔵王《ざわう》の山は

いかに茂吉が蔵王を愛し続けていたかが偲ばれる。フランスの画家セザンヌは故郷のサント・ヴィクトワール山を描き続け、登山者が増えたというエピソードを残しているが、茂吉の蔵王も負けていないだろう。

蔵王山頂の歌碑前に立つ茂吉

昭和9年8月、茂吉の実弟の山城屋旅館当主・高橋四郎兵衛《しろべえ》（山城屋を後継し襲名）が願い出ていた、兄・茂吉の歌人としての業績を讃える歌碑が、蔵王熊野岳に建立された。「精神的負傷」を受けていた兄を元気づけたいという思いが弟の四郎兵衛にはあったのだろう。茂吉はいろいろな条件を付けてそれを受け入れた。条件は、建立のために寄附を集めてはならないこと、山上で働く人々（石工ら）に十分手当を出し処遇に配慮すること、建立したことを秘密にすることなどなど。そして、これらを守らなければ直ちにやめるというものだった。

さらに、茂吉は相当額の資金を四郎兵衛に提供したほか、新作の蔵王の歌を揮毫《きごう》して弟に送り、それが歌碑となった。茂吉が自ら建立を許可した歌碑はこの1基のみである（この原本は茂吉記念館に飾られている）。

陸奥《みちのく》をふたわけざまに聳《そび》えたまふ蔵《ざ》王《わう》の山《やま》の雲の中に立つ

この堂々たる歌碑（右写真）の原本は長く山城屋旅館に保存され、現在は斎藤茂吉記念館の常設展示室で見ることができる。この歌は蔵王に極めてふさわしい作品であり、「強くつかんで強く言う」といった作歌の基本に立つ傑作でもある。ぜひ、歌碑の原本を見て口ずさみ、覚えて蔵王登頂時の記念にしてほしいものである。

歌碑の除幕には、茂吉自身は行かず、門人が代わりに参加した。茂吉が歌碑を初めて見るのはそれから5年後の昭和14年7月だった。実弟、学者の友人らと足を運び、

わが歌碑のたてる蔵王につひにのぼりけふの一日《ひとひ》をながく思はむ

と詠み残している。

茂吉筆「陸奥を」歌碑原本

6　茂吉の蔵王歌碑行

蔵王の歌碑を斎藤茂吉自身が初めて見るのは、建立から5年後の昭和14年7月であった。茂吉が歌碑建立をなかなか許可せず、出来た自身の歌碑を見に行くのを渋ったのは、歌碑が完成した昭和9年頃の歌壇の風潮を意識したからだと思われる。

当時は一種の歌碑建立ブームで、それほど実績のない歌人がやたらに歌碑を建てる風潮があった。その頃の「短歌新聞」などで批判が高まり、茂吉の蔵王歌碑までその対象にされている。

結社の宗主が門人知人から寄附を集め建てるということが多い時代だったが、茂吉の場合は全く異なっていた。茂吉の実弟で山城屋当主の高橋四郎兵衛《しろべえ》が兄を想い企画したもので、寄附などを一切集めず、自身で建立したのだ。兄の茂吉はなかなか許可しなかったが、許可した以上は大金を送って経済的にも弟を支援し、追加もいいとわないと手紙で伝えている。

また、寄附は当然厳禁としていた。そのうえ、石工を始め山上で働く人たちに十分酬《むく》いるようにも厳命している。「黙《ダマ》つて建て、黙《ダマ》つて置くやうにして、建てたいのである」とも弟四郎兵衛に宛てた手紙に書いている。こうして蔵王山頂の茂吉歌碑は、兄茂吉の援助のみで

蔵王山頂での歌碑建立の様子

名実ともに弟四郎兵衛が建立したことから、「高橋四郎兵衛建立」と歌碑の裏に刻まれ、金瓶の生家及びその墓所に向いて建ち、茂吉が大好きだった郷里上山の街をさながら眺望し見守っている。

しかし、当の茂吉は本意でなかったこともあり、こうして蔵王山頂に建った茂吉歌碑をなかなか見ようとしなかった。5年が経過した頃、業を煮やした四郎兵衛は一計を案じる。東北帝国大学の教授で、茂吉ファンでもある友人の河野《こうの》与一《よいち》・多麻《たま》夫妻が山城屋をしばしば利用していたことから、夫妻に茂吉と一緒に蔵王に登ってほしいと依頼。夫妻は茂吉を囲み、しばしば「うなぎ会」をしていた仲だったこともあり茂吉は快諾し、昭和14年7月7日東京を発って同日山城屋に宿泊、8日に蔵王山頂熊野岳に登り、建立された自らの歌碑に初めて見え《まみ》たのだった。河野与一・多麻夫妻のほか、岡本信《しん》二《じ》郎《ろう》、門人の結城哀草《あいそう》果《か》、実弟の高橋四郎兵衛が同行した。

茂吉の日記には「午前三時出発、硫黄精煉所マデ自動車、ソコヨリ徒歩（略）賽河原《さいのかわら》残雪。熊野神社午前十時半。歌碑ノ前ニテ食事ス。歌碑ハ大キク且《か》ツ孤独ニテ大《おおい》ニヨイ。残雪ヲ食タ。風強イ」とあり、蔵王熊野岳の自然に溶け込んで堂々と立つ歌碑に歌人茂吉は十分満足をした。

斎藤茂吉歌碑は全国に現在百六十基以上あるが、作者茂吉が許可しているものは、この蔵王歌碑1基である。「歌碑ハ大キク且ツ孤独ニテ大ニヨイ」という感じ方はいかにも歌人茂吉であり心に響く。多くのみなさんにご覧いただきたいと願う。

この時の作品は歌集『寒雲《かんうん》』にあり、次のような作をはじめ22首を残している。

いただきに寂しくたてる歌碑《かひ》見むと蔵王《ざわう》の山を息《いき》あへぎのぼる
歌碑《かひ》のまへにわれは来りて時のまは言《こと》ぞ絶《た》えたるあはれ高山《たかやま》や

歌碑前で食事をする茂吉（左から三人目）

7　茂吉のエピソード

斎藤茂吉の郷土・上山市に建っている斎藤茂吉記念館は、2018年に開館50周年を迎え、建物を大改修、展示方法も新しく工夫がなされ、個人の文学館として名実ともにわが国はもとより世界に誇れる記念館となった。環境にも恵まれ、蔵王連峰を近景とするロケーションは茂吉の偉業にふさわしく、多くの来館者を感動させているに違いない。

展示の工夫の一つとして、復元された「茂吉晩年の居室」前に晩年のエピソードが二、三紹介されているので、その中の一つを紹介したい。

茂吉の長男・斎藤茂太《しげた》さんの結婚が決まり、花嫁は親同士が同業の医師の長女、18歳の宇《う》田《だ》美智子《みちこ》さん。両家の顔合わせの会食が、築地の鰻料理店で行われ、美智子さんと義父となる茂吉が並んで座る。会が進み鰻の蒲焼きが出されたが美智子さんは和服姿でもあり、緊張のあまり鰻に箸をつけたものの食べられないでいた。隣席にいた将来の義父・茂吉は無類の鰻好きで、美智子さんが食べないと判断したのであろう、「それを僕にちょうだい」と言ってさっさと食べてしまったという。

このような話が要約されて、茂吉記念館の展示エピソードになっている。こうした茂吉の

茂吉晩年の居室（記念館内復元展示）

エピソードは実は無数と言ってよく、偉大な茂吉の大きな特色でユニークな人間性が伝えられている。

今年（2022年）は茂吉没後69年にあたる。茂吉の身辺にいた人や活動をともにした人々はほとんど故人であるのに、なぜごく日常の逸話が多く残り、今日語られるのだろうか。

それは明確だ。茂吉の身近にいた人々が、茂吉に魅せられて、その言行を書き残しているからである。

家族では、長男の茂太さんが医師としても茂吉を後継し、さらに随筆家としても大成し多くの著書を残している。茂吉についても『茂吉の体臭』『茂吉の周辺』など多くを著作。次男の宗吉さんは、北杜《もり》夫《お》の筆名で立派な小説家となり、最後に『青年茂吉』『壮年茂吉』『茂吉彷《ほう》徨《こう》』『茂吉晩年』の四部作の大著を残した。また、注目すべきは茂太夫人・斎藤美智子著の『「感謝」する人』だ。山形の疎開から帰った茂吉に最も密着した随筆で、先の鰻を食べられてしまったご当人のため、「義父にさらわれた鰻」と題する一文も載っている。

また、門人の評伝、随聞の類は膨大にあり、柴生田稔《しぼうたみのる》『斎藤茂吉伝』、佐藤佐太郎《さたろう》『斎藤茂吉言行』、田中隆尚《たかひさ》『茂吉随聞』、板垣家子夫《かねお》『斎藤茂吉随行記』など、数多く残されている。これらには、茂吉の作歌の神髄のようなものの記録とともに、人間茂吉の側面も描かれており、そのエピソードは限りないといえよう。

私が師事した佐藤佐太郎の言行から、一例を挙げておきたい。

（昭和22年5月13日）「いまの仮名遣《かなづかい》（新仮名）をきめたのは一部分の人だから、いまにきっともとにもどる時が来る。世界でいちばんすぐれた国語だというフランス語でもやさしいもんじゃないよ。みんな勉強しておぼえなくてはならないんだ。めんどうだからね。僕のものは原稿どおり（歴史的仮名遣）で出したいな。（略）いまの仮名遣は理論がないからね。歌がつまらなくなるな。（略）」

貴重な茂吉の発言である。

昭和26年、文化勲章受章を祝い家族と（左から時計回りに美智子さん、茂太さん、茂吉、輝子夫人）

8　茂吉の言葉の使い方・用語

斎藤茂吉の言葉の使い方・用語で注意する点は、散文でも会話の言葉でもなく、韻文・短歌の作品表現にある。茂吉の短歌は視野が広く、自由自在にあらゆることを歌にしたので、読むとどの歌も面白い。その言葉の使い方に注意すると、より感動を新たにするだろう。例えば、

最上川逆白波《さかしらなみ》のたつまでにふぶくゆふべとなりにけるかも　『白き山』

という作。吹雪の最上川を詠って、これほど堂々と歌い上げている作品は他に例がない。なかでも「逆白波」という言葉が強く働いている。川の流れに対して川下から激しく吹き上げる風に立つ波が逆波《さかなみ》で、強風にあおられて波が砕け白波となる。これを併せて「逆白波」と茂吉は詠った。この「逆白波」と初めて表現したのは茂吉なので、「造語」、茂吉が作った言葉だ。ふぶく夕べの「逆白波」は、冬の最上川の激しく荒れて乱れる流れを思わせてやまない。猛吹雪下の最上川を鮮やかに表している。逆波と白波の激しい状態を目《ま》の当《あ》たりに見

て体感した茂吉は、一気に「逆白波」と造語して、その自然の姿を鮮やかに伝えているのだ。

また、太平洋戦争が敗戦で終わった時、

あかがねの色になりたるはげあたまかくの如くに生きのこりけり　『小園』

冬の大石田最上川河畔にて

という歌を作ったが、太平洋戦争下、茂吉は愛国心のまま戦争に協力している。協力しない人はごくまれな時代だ。そして、戦争のむなしさをも籠めて自嘲《じちょう》したのがこの歌である。それにしても、赤銅《しゃくどう》色のはげあたまになって戦後生き残ったとは、随分厳しい自嘲だ。太平洋戦争終結時、一億総懺悔《そうざんげ》と言う流行語があったが、茂吉は自ら厳しい懺悔をしたのだ。

ここでも、短歌の用語として「あかがねの色になりたるはげあたま」が懺悔・反省をする際の詠嘆にぴったりの言葉として働いている。

角度を変えて例を挙げてみよう。茂吉は、同じ対象を歌にする場合も同じ用語を使うとは限らない。たとえば、ドナウ河を「ドウナウ」とも詠い、どちらも相当数の歌がある。歌集『遍歴』の「ドウナウ源流行」一連の第一首は、

中空《なかぞら》の塔《たふ》にのぼればドウナウは白くきらひて西よりながる　Ulm*

＊Ulm（ウルム）…ドイツ南西部の町

あひ合ひてドウナウとなるところ見つ水面《みのも》は白し日のかがやきに

同じ一連のすぐ後には、

なほほそきドナウの川のみなもとは*暗黒《あんこく》の森《もり》にかくろひにけり

＊Schwarzwald（シュヴァルツヴァルト）…ドイツ南西部の森

大き河ドナウの遠きみなもとを尋《と》めつつぞ来て谷のゆふぐれ

という具合で、正しくは「ドナウ」なのか「ドウナウ」なのかさらにドナウは「川」なのか「河」なのかも気になる。

一見、奇妙に感じるが、これも実際に即していることがわかる。ドナウ河は10か国を流れ黒海に注ぐため、様々な国の言い方が生まれるのは自然だろう。ドイツでは方言なども立派なドイツ語として尊重されているため、こういう呼び名も大切にしている。ドナウ河は英語圏ではダニューブ河であり、私の所持するドイツ語辞典には「ドーナオ」となっている。

茂吉が奔放《ほんぽう》にこういう用語を使っているのではなく、必ず根拠がある。もっと言えば現地で実際に人々に使われている言葉を大切にしたのであろう。

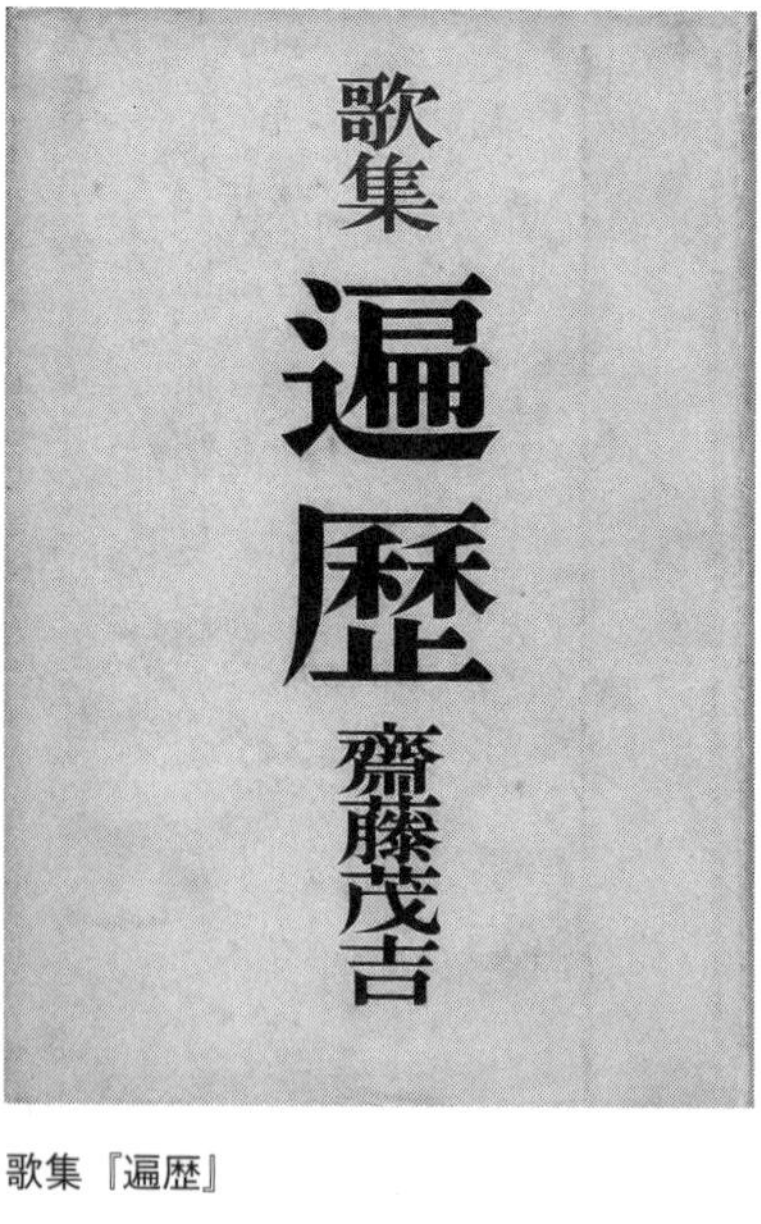

歌集『遍歴』

9　茂吉の新年賀歌

賀歌は「がか」と読み『古今集』以来の勅撰《ちょくせん》集（天皇が命じて和歌・詩・文章を選んだ集）に、その「賀歌」が使われていたのを応用して、新年を祝う歌を近現代の歌人は「賀歌」として使っている。

斎藤茂吉は、あまり新年を祝う歌を歌集に載せていない。最初の歌集『赤光《しゃっこう》』に収められた明治41年の「新年の歌」14首があるくらいだ。毎年、作らなかったとは思えないので、形式的な歌として好まなかったのだと思う。『赤光』から『あらたま』に続く歌集発行や歌誌「アララギ」での活動により、だんだんと歌壇の中心的な一人となった茂吉は、新聞・雑誌などから注文され鮮やかな新年賀歌を発表するようにな

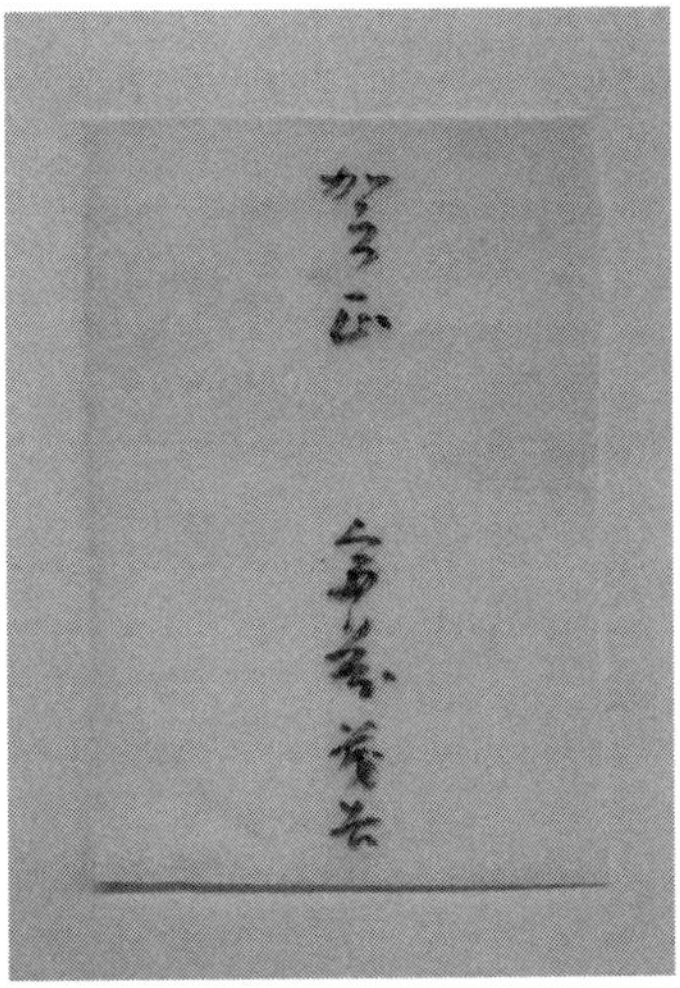

茂吉の年賀名刺

る。それが後々歌集を彩るようになり、結果的に新年賀歌は多く残っているのだ。味わい深い茂吉の賀歌で新年を過ごされるのも一興だと思う。

茂吉が新年を祝す賀歌を歌集に収めているのは、出版した順序としては三番目にあたる『寒雲《かんうん》』（昭和12～14年までの歌を収める）からだ。

高山《たかやま》も低山《ひくやま》も皆白《しろ》たへの雪にうづもれて籠《こも》る家村《いへむら》
豊年《とよのとし》のはげみに集《つど》ふうからやから朝早くより為事初《しごとぞめ》せり
高山《たかやま》の雪を滑《すべ》りに行くをとめ楽《たの》しき顔をしたるものかも
みちのくの蔵王《ざわう》の山《やま》に雪ふりてすでに寒しと家ごもるらむ

これらは歌集冒頭の「豊年」という一連にある作。新年の歌が郷里上山を慕う思いから、嘗《かつ》て滞在したときのことを思い出して詠んだのも茂吉風ではないだろうか。

この当時、元日から「為事初《しごとぞめ》」、今でいう仕事始めをしていたというのも驚くことの一つである。三首目を見ると、雪山でスキーや橇《そり》などをしに行こうとしている若い女性がいたのも楽しい光景だ。

それまでに出版していた『赤光』『あらたま』に新年をお祝いする歌を残さなかった茂吉

は、この『寒雲』では「豊年」に続いて「新年」と題する一連11首を残している。こちらは東京の自宅での作だ。

あかつきのまだ暗きより目さめゐて心楽《こころたの》しくおもほゆるかも
一年《ひととせ》のはじめといへば迫《せま》りくるものおもひもなく寂《しず》かにあらな
おほいなる富《とみ》をいだきて死ぬこともひと代《よ》の荘厳《さうごん》といふべかりける

こういった作は郷里のことを思い詠んだ作と違って、ややもすると当時の茂吉の心境が見え隠れしているようである。

こうして新年を記念する歌が後年歌集に収められるようになり、戦時下では激しい戦意高揚、戦争讃歌の歌ともなった。

しかし戦後は、日本国中が貧困ながら生活にはとにかく活気があったため、茂吉の新年の歌も変わっている。戦後2年を経た昭和22年の新年の歌を作例として挙げてみよう。

朝日子ののぼる光にたぐへむ*と古《いにし》へ人も勇みたりしか

*たぐへむ…一緒に居ようと

新しくめぐり来れる年のむた*わが若き友よひとしく立たな

*むた…漢字をあてると「共」、新年と共に頑張れと激励している

つつましく生きのいのちを長らへて新しき代は永遠《とことは》ならめ

斎藤茂吉が歌集に載せる新年の歌を、毎年数多く作り始めるきっかけとなった舞台も上山であり、戦後新境地で新年の歌を作ったのも大石田で、どちらも山形県であるのも不思議ではない。茂吉にとって生地である上山市・山形県は歌の源泉であって、聖なる地であることに他ならないのである。

上山・冬の経塚山付近で

10　長男・茂太博士の茂吉論

家族と家庭にいる時の斎藤茂吉は頼もしい存在であると共に、時々雷を落とすこわい父親でもあったようだ。しかし、その中で長男・斎藤茂太さんの茂吉観は常に温かく本質を捉え伝えている。ある時期、茂吉批判が歌壇の一部から少なからず出ているときでも、ごく実際の事例を添えて、やんわりと言い返し、茂吉の本質を伝えているように思えた。記念として一例を挙げておきたい。

茂太さんは茂吉と同じく精神科の医師なので、父茂吉の分析も医学的な鋭さがありながら、どこかヒューマンな温かさに満ちている。

例えば、茂吉は子どもの頃、夜尿症に苦しんだと言われるが、大人になっても小用が近く、様々な工夫を

長男・茂太と茂吉（昭和25年・強羅《ごうら》にて）

し、ある時期から小型のバケツを携行し、夜は寝床の近くに置いて尿瓶代わりに愛用した。これを「ゴクラク（極楽）」と自ら称し、斎藤茂吉記念館にも茂吉自筆で「茂吉山人便器昭和十五年」と側面に記されたものが展示されている。資料として文学記念館に尿瓶代わりのバケツが展示品であるのも珍しく、大方興味的な見方、解説にもなりがちだ。

茂太さんは父・茂吉と同じ医学博士であり、世界旅行を多くし視野の広い人なので、誰よりも温かく、茂吉について本質的な理解をしている。だから、茂吉の「ゴクラク」についても見方が温かいのだろう。

「極楽バケツは必要が生んだ父らしい発明であった。寒い深夜小水に起きるより、シビンを愛用することが、脳溢血《のういっけつ》予防の秘訣であることは、今や常識となり、父の医学部のクラスメートの内科の佐々《ささ》廉平《れんぺい》先生が、常に、シビン愛用を推奨して居られる」（著書『茂吉の体臭』）と書き残されている。

その「極楽バケツ」は、茂吉が発明した合理的なシビンで、医学博士の推奨品でもある。こういう目で斎藤茂吉記念館の多くの展示を見ていくと、新たな斎藤茂吉観が開けるだろう。

「極楽バケツ」（※実際は銀色）

11　来館、図録のすすめ

上山は自然に恵まれ、春夏秋冬いずれの季節も空気が澄み風景が美しく、ハイキング、散策などに最適だ。そういうお客様や友達をぜひ案内し、斎藤茂吉記念館にも訪ねてほしいと願っている。

斎藤茂吉記念館では年間を通じて「企画展」「特別展」（※随時、ホームページで紹介）を開催している。知人・友人やご家族とお揃いで、散歩がてらに訪ねるのも相応しいと思う。中学・高校生以上なら親しい友達グループで、じっくり見学するのもよいだろう。

斎藤茂吉記念館の所蔵品は日本随一のものであり、世界に誇れるものだ。比較文学の権威のある文芸評論家が、日本の近代の韻文作家（自由詩・定型詩・短歌俳句など）の中では斎藤茂吉が一番であり、世界の中でも5本の指に入ると、ある時の講演で明言していた。私もまったく同感で、茂吉の短歌作品は当然として、随筆、評論、研究論文など全てに魅力を感じる。

私は館長として遠くから通っているが、上山に来るたび、ちょっとした時間をみつけて展示をじっくりと改めて見ている。そのたびごとに新たに感じることがあり、発見がある。また、茂吉の偉大さをしみじみと感じている。どなたも気軽に記念館に足を運ばれ、わが国はもとより、世界に誇れる大歌人斎藤茂吉の息吹に触れてほしいと切に願う次第である。そして、茂吉記念館の展示資料に精通すると、世界に誇れる偉大な文化遺産の傍らに住んでいることの喜びを、改めて強く感じられることだろう。

こうした経験を積んだ上でのおすすめは、斎藤茂吉記念館の特製図録の精読だ。傍らに置き、折に触れて読み、茂吉記念館の展示を振り返るのも楽しいことである。

図録の特色をいくつかご紹介しておきたい。

1、表紙からシンプルで実質本位であることを暗示し、白のカバーに「斎藤茂吉記念館」とあり、茂吉の毛筆の歌〈足乳根《たらちね》の母尓《に》連れられ川越えし田こ江《え》志《し》こともありにけむもの茂吉〉（ルビ引用者）とあって、何とも楽しいイメージを持たせる。

2、図録の冒頭、口絵写真の茂吉肖像が笹谷峠越えの茂吉の後ろ姿であるのもユニークで、茂吉らしさを偲ばせる。

3、カラーページがあって、明るさはことさら親しい。入口の茂吉胸像にもともとあった松の枝が自然に伸びているのも何とも魅力的、象徴的でもある。箱根から移築された茂吉の勉強部屋、記念館周囲の歌碑群等、改めて注目される。

4、茂吉交友相関図は、少年期、青年期、壮年期、晩年期の各展示が、見開き2ページに収められていて、展示室のものより近く見やすく、参考資料として特に役立つと思われる。

私は、茂吉記念館に来るたび展示をじっくり見るのが何より楽しみだが、図録で同じものを見ていると、記念館の展示で見るのと趣も異なり、また連想が広がり数時間図録に向かっていることもある。交流の深かった沢山の歌人・芸術家、更に茂吉の作品等々、わが書斎の灯火の下で見ていると、作品が更に迫ってくるようで新たな感慨を禁じ得ない。

ぜひ各家庭に一冊揃えていただき、ある時は親子で語り合い、おじいちゃんおばあちゃんと語り合い、時には兄弟姉妹で読み合っていただければと思う。上山出身の偉大な先進、医学博士にして大歌人、文化勲章受章者・斎藤茂吉にもう一歩近づいていただきたいと願っている。

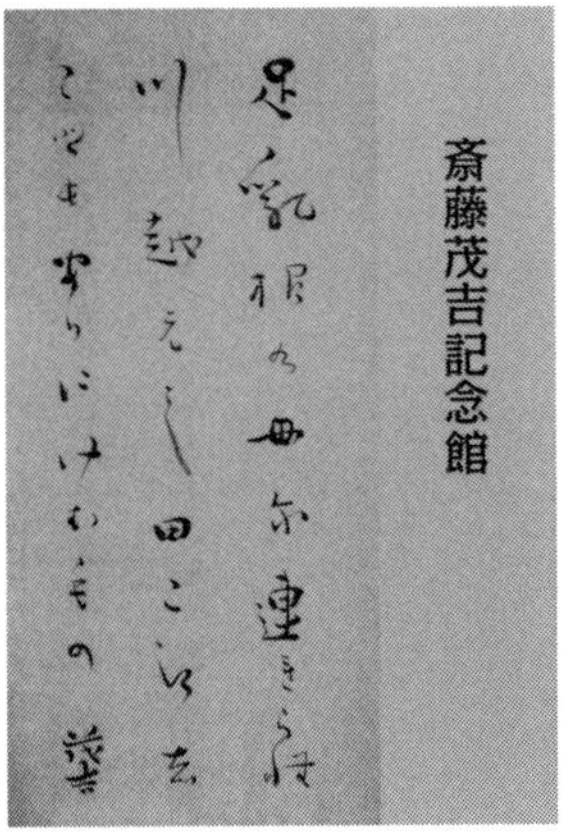

特製図録

Ⅱ

渉猟　茂吉の歌

「蔵王文学のみち」より①

蔵王山のかげより白雲のわきのぼるさまあざやかにけふはれわたる

「拾遺」（昭和二十年）

ひむがしに直《ただ》にい向ふ岡にのぼり蔵王《ざわう》の山を目守《まも》りてくだる

『小園』（昭和二十年）

この度斎藤茂吉の業績を尊ぶ、生地山形県の「歌人斎藤茂吉蔵王文学のみち実行委員会」「山形市観光協会」「蔵王温泉観光協会」「やまがた観光キャンペーン推進協議会」（協賛）の努力で、茂吉短歌の歌碑二十基が出来上がり、その歌碑の歌を読み味わいながら散策をする「蔵王文学のみち」が完成した（二〇一九年）。関係者の御努力に深く敬意を表し、「渉猟茂吉の歌」の第一回を飾らせていただく。

歌碑は三種に分れ、ほとんどが蔵王を詠っている作で、①麓の歌碑（一基）②山の歌碑（六基）③湯の歌碑（十三基）となっている。取り上げた一首目が二十一首中の第一番の歌であり、二首目は二十一首中の最後の歌である。

第一首、蔵王は連峰だが、「蔵王山」というときは最高峰の熊野岳あたりを指す。そこに白雲が湧きのぼる様が殊更鮮やかに見えて、今日は晴れわたるという。こういう日は茂吉の生地上山《かみのやま》からは蔵王がいくばく遠い感じに見える。

この歌は手帳にある歌で、全集では拾遺に載っている。金瓶《かなかめ》疎開中の昭和二十年八月六日の作であることが解る。この日茂吉は蔵王の麓の観音堂に行っているから、そのあたりからの矚目であっただろう。戦時下でもこんなに穏やかな心境で過ごせたのも故郷だからであったに違いない。

第二首。歌集『小園』にある、昭和二十年秋の作。従って日本が戦争にやぶれ間も無くの作で、「遠のひびき」一連の中にある。「たたかひにやぶれし国の山川を今日ふりさくと人に知らゆな」等の作と並んでいる。蔵王が東にあってそこに直面する岡に上って、人の悲しみとは全く関係なく堂々と立つ蔵王に向ってしみじみと見守って下ったという。敗戦後の孤独感、失望感など歌の響きの中に溢れている。

しかし、子供のころから親しみ、心の支えとしてきた蔵王は、ただ向っているだけで、作者を力づけたのに違いあるまい。

接頭語「い」がはたらく「直《ただ》にい向ふ」が何とも印象深い。

「蔵王文学のみち」には、茂吉生前の唯一の歌碑「陸奥をふたわけざまに聳えたまふ蔵王の山の雲の中に立つ」も当然含まれている。

上山市の斎藤茂吉記念館はリニューアルが完成し（二〇一八年）、展示も斬新になっているので、歌人仲間の小旅行に最適と思える。

「蔵王文学のみち」より②

あしひきの山の池なる白き鯉われの心はけふは和ぎなむ　「拾遺」（昭和二十年）

しづかなる時代《ときよ》のごときこころにて白き鯉この水にあぎとふ　『小園』（昭和二十年）

「蔵王文学のみち」には、このほど新たに一基追加され（去る二〇一九年四月十日に除幕）、更に、茂吉の母校にあたる山形市立蔵王第二小学校にすでに建立されている歌碑も追加されて、都合二十二基の歌碑、二十三首の作品を辿るコースとなった。

第一首がその追加された作品で、山形市松尾山観音堂境内に建った。蔵王の麓にあたるこの観音堂は、最上《もがみ》三十三観音、札所の一つで、一木造りの立派な観音像が祀られている。除幕の日には、特別に御開帳されていて、私も幸運にも拝することができた。荘厳荘重、県有形文化財にふさわしい二体の像で、人々の心の支えとなって歳月を積み重ねた風情に満ちている。

昭和二十年、郷里金瓶に疎開中の斎藤茂吉は、しばしばここを訪れている。散歩がてら近くの半郷郵便局に来て用を果たし、そこから数分で来られる、この観音を拝し、境内の池辺で、休養し作歌している。蔵王の豊富な伏流水が絶えず注ぎ、今もいる鯉らは人になれずいわば野性を保ち、人の気配に荒々しく逃げる。

敗戦が迫って重っ苦しい昭和二十年七月三十一日、茂吉が来た半郷郵便局は、明治天皇祭のため業務をしていない。茂吉はこの観音堂に廻ってじっくりと時間を費やし、七首の歌が出来て手帳に残っている。その中の一首がこの白き鯉の歌である。白き鯉に出あえたから、今日はこころが和ぐだろう。常はとてもこうはいかないが、という心境である。

この時の七首は、歌集『小園』にはなく、第二首のように推敲されて、昭和二十年「金瓶村小吟」五十首の中にある。白き鯉は戦時下も戦後の混乱も知らず、平和な時代の如く、蔵王の清冽な伏流水にあぎとう様が見える。のどかさを強く感じているだろう。

茂吉には「白き鯉」の歌が何首かある。

　みなもとは石のかげなる冬池や白き鯉うきいでてしまし噞喁《あぎと》ふ　『寒雲』

などである。

「白き鯉」に自然の万物がもともと備え持つ「仏性」のようなものを感じているのではある

まいか。観音堂はそう思わせるに相応しい。

鎌倉帰源院の夏目漱石の句碑は

仏性は白き桔梗にこそあらめ

と言うもので、漱石が白き桔梗に「仏性」を感じたように茂吉も「白き鯉」との遭遇にそれを感じたと思うのも自然である。

とにかく歌碑になった作には感動の率直がある。

「蔵王文学のみち」より③

万国《ばんこく》の人来り見よ雲はるる蔵王《ざわう》の山のその全《また》けきを　『つきかげ』（昭和二十五年）

とどろける火はをさまりてみちのくの蔵王《ざわう》の山はさやに聳ゆる　同

「蔵王文学のみち」茂吉歌碑群の中でも、「上の台」にあるこの歌碑には二首の歌が刻まれていて、特別である。当然その経緯があるわけで、それがわかると殊更親しい。

昭和二十五年戦後占領期の「新日本観光地百選」山岳の部で、蔵王が第一位になったとき、東京に住んでいた茂吉がわがことのようによろこび蔵王山と題し新聞に発表した二首。毎日新聞社が主催し、運輸省、文部省、厚生省の他にＧＨＱが後援しているのが、当時をしのばせる。

葉書投票で蔵王は二百三十三万票余りを獲得、全体の一位であった。蔵王を仰いで育っている茂吉が「わがこと」として喜んだのは目に見える様である。

毎日新聞の記事によれば、この決定に伴って、歌人俳人十人（斎藤茂吉、吉井勇、釈迢空、荻原井泉水、山口誓子、水原秋桜子ら）が一人ずつ各場所にちなむ短歌や俳句を作って紹介したとあるから、その一環の作品であることもわかる。

当然茂吉は、その任を光栄として作歌していることが作品に響いている。

第一首は、蔵王が万国に誇れる山だと言って、海外からの観光誘致を占領下のこの時代に意識しているのは、若くヨーロッパをつぶさに巡った、いかにも茂吉らしいところである。晴れわたった蔵王連峰のすばらしさを私はこの十五年ほど四季折々にその全容に注目しているから、よくわかる。「蔵王《ざわう》の山のその全《また》けきを」が何とも心に響く。

第二首、蔵王は活動を休止しているが、今でも観測が続けられ多少の兆候を捉えることもある。そういうこの山の歴史を踏まえて、シンプルに「とどろける火はをさまりて」今は「さやに聳ゆる」と言い、安心していらっしゃいと歓迎する思いがこもる。冬山の蔵王はスキーの名所でもあるが、蔵王の魅力を十分伝えている二首であろう。

昭和二十五年十月十一日にこの「新日本観光地百選」が発表になったとき、自らも体調優れず、尊敬する北海道の兄守谷富太郎が倒れ病床につき深い心労を抱いていた。

しかし、この蔵王「一等」の喜びは相当で

みちのくの蔵王の山が一等に当選をして木通《あけび》霜さぶ　　『つきかげ』

ひいでつつ天《あめ》が下《した》なる厳《おごそ》かさ山形あがたの蔵王《ざわう》の山は　同

等の作も残している。特に後の歌は、当時県政にかかわっていた歌人の鈴木啓蔵にあてた書簡にある歌で、この当選を歓び、山形県に祝意を示したのでもあったろう。

茂吉家の人々①

をさな妻こころに持ちてあり経《ふ》れば赤《あか》小《こ》蜻蛉《あきつ》の飛ぶもかなしき　『赤光』（明治四十三年）

こころ妻《づま》まだうら若く戸をあけて月《つき》は紅《あか》しといひにけるかも　『あらたま』（大正三年）

歌人斎藤茂吉には、父母兄弟妹、兄弟の子ら、妻子、孫ら、義父母、祖父母等いわゆる家族を大切にして、多くの歌が残されている。周辺の交友関係者も必ず歌につくり、自身の思いを残し、そして伝えている。人間茂吉の強くあらわれているところであろう。茂吉の「家族」という意識、交友関係の濃厚さが多くの歌になり、またそこから吸収し、茂吉という人物を大きくしたように思える。残っている一万通近い書簡にもそれが表れている。

茂吉は満十四歳の少年にして上京し、斎藤紀一家に書生として迎えられる。それからおよそ十年後の明治三十八年、二十三歳の時、六月に第一高等学校を卒業、九月に東京帝国大学医科大学に入学した。

この頃正岡子規の遺稿集『竹の里歌』に出会い、作歌を志し、翌年には伊藤左千夫を訪問し、「馬酔木」に歌が載り、いよいよ作歌が本格的になった。また、この年斎藤紀一の次女てる子（輝子）の婿養子として入籍されている。てる子は十歳であった。

第一首の「をさな妻」はこのてる子で、正式に入籍したから心に、つねに持つのでもある。小さな赤とんぼが飛ぶさまにもその「をさな妻」が愛しく想われるのである。

斎藤茂吉の深層に「家族」が強く意識された年でもあったろうか。

それからおよそ十年後、大正三年に二人は結婚し、家庭生活を始める。

第二首「こころ妻」は寝食を共にする妻で、何とも美しい。「をさな妻」の時が過ぎてまだうら若い「こころ妻」は、夜明けの月が「紅い」と語りかけて来るのである。新妻の初々しい様が鮮やかに出ている作で、家族の存在が茂吉の新たな境遇になった。その思いがよく出ている。一連の最後に

みじかかるこの世《よ》を経《へ》むとうらがなし女《をみな》の連《つれ》のありといふかも

という一首からも明らかである。

それにしても「をさな妻」と言い「こころ妻」という用語を青年茂吉がなぜ発想し得たか、私は長くこだわってきた。

あるいは、明治三十三年に正岡子規の門下で彫金家の香取秀眞に、一子を置いて家出した妻について、子規に報告した「鬼妻」と題する一連の歌があるからこれが応用されているか。

いものしを貧しきものと緑子のわく子を捨てゝ出でし妻はや

香取秀眞歌集『天之眞榊』

鬼にかも似たるあが妻うまし子の乳飲児捨てゝ出でし鬼妻

同

こちらには「家族」の意識が薄いように思えるが。

茂吉家の人々②

悲《かな》しさを歌《うた》ひあげむと思《おも》へども茂太《しげた》を見《み》ればこころ和《なご》むに　『あらたま』（大正六年）

うらわかき二人《ふたり》ゐならぶかたはらに心ゆらぎて涙いでつも　『小園』（昭和十八年）

茂吉は二十三歳で東京帝国大学医科大学に入学が決まると共に、斎藤紀一の養子となり、その次女輝子と許婚関係になる。輝子はいわゆる「幼妻」で、十歳くらいだから正式に結婚するのはそれから九年後の大正三年四月となる。茂吉三十二歳、輝子十九歳であった。二年後の三月に長男茂太が生まれている。

掲出第一首は「赤彦に酬ゆ」という一連にあり、島木赤彦に近況を伝えているものである。以後

をさなごを心《こころ》にもちて帰《かへ》りくる初冬《しよとう》のちまた夕《ゆふ》さりにけり　『あらたま』

わがそばにいとけなき児《こ》を遊《あそ》ばせてつくづくと見《み》つ直《ただ》にあそぶを　同

をさなごは畳《たたみ》のうへに立《た》ちて居《を》りこの穉児《をさなご》は立《た》ちそめにけり　同

をさなごはつひに歩《あゆ》めりさ庭《には》べの土《つち》ふましめてかなしむわれは　同

などとわが子の成長を見つめ、立ち更に歩み始めることに感動している。茂吉がこういう作を残していること、私には何とも親しい。やがて茂吉は長崎へ赴任となる。

東京にのこし来しをさなごの茂太《しげた》もおほきくなりにつらむか　『つゆじも』（大正七年）

四歳《よんさい》の茂太《しげた》をつれて大浦《おほうら》の洋食くひに今宵《こよひ》は来たり　同（大正八年）

東京より来《き》にしをさなご夕《ゆふ》ごとに吾《われ》をむかへてこゑを挙ぐるも　同（大正九年）

言葉もしっかり覚えて、「こゑを挙」げて父たる茂吉を迎えるのである。この後のヨーロッパ留学中も茂吉はしばしば「茂太」を想う歌を残している。

長男茂太は学業優秀で、父茂吉と同様医学の道に進み、昭和十八年十月結婚、掲出第二首はその結婚式の歌である。「心ゆらぎ」はさまざまの背景があろうが、夫人と別居後十年近く子供らの養育に専心したことも含まれていたであろうか。

かひがひしくヅボンなど穿き立居《たちゐ》する嫁《よめ》をし見つつ涙ぐましも　『小園』（昭和十九年）

妻と二人《ふたり》何か話してゐるらしき茂太《しげた》のけはひ時をりおもふ　同

軍服を着たる長男とわかれ来て一時間にして眠気もよほす　同

折しも太平洋戦争は終盤となり、東京空襲、疎開、青山の病院及び住宅が焼失、一家はばらばらになり、戦後を迎える。

戦後の斎藤家はこの長男斎藤茂太と戦時下に復縁した茂吉の妻輝子の努力で復興し、大石田疎開中の茂吉を東京に迎えたのである。茂吉の晩年に

宮城野へおりて行きたる茂太をば心にかけてひたぶるに居《ゐ》る　『つきかげ』（昭和二十五年）

という作もある。

茂吉家の人々③

ふゆの陽《ひ》は南《みなみ》かたよりにあまづたふその日向《ひなた》にて百子《ももこ》匍ひ居り

『ともしび』（大正十四年）

いなびかりひくく光るをいとけなき女《め》の童子《わらはご》に見しめたりけり

同（昭和二年）

二人目の茂吉の子供長女百子は、大正十四年二月二十三日の早暁に生まれている。思いがけない出産の様子は茂吉日記に詳しい。茂吉の留学の帰途、妻輝子とパリにて落ちあい、ヨーロッパ各地を四か月も茂吉と共に巡り、帰途上海あたりにて、父親紀一の青山脳病院の全焼を知る。死者十数人をだし、住まいにも事欠く、混乱のさなかの東京に帰って一月後の出産だから、心労の重なっての早産であったであろうことが想像される。友人の平福百穂画伯は、焼け出されている茂吉を思ってであったのだろうか、早速百子用のベッド等を贈っている。その礼状に茂吉は「拝啓今日は百子のために西洋ベット一。蚊帳一。布団附属品一式御めぐみに預り何とも何とも忝しこの御厚情に対しても愚子願はくは育てと存じ居り候。

（以下略）」と書き伝えている。「愚子願はくは育て」という状態の出生を伝えているのである。

だから、第一首、百子が日向で匍うまでに成長したことを父親茂吉は感動して見守っている。「ふゆの陽《ひ》は南《みなみ》かたよりにあまづたふ」にそれが暗示され、何とも堂々としている。次の一首

朝はやくすでに目ざむるをさなごのこゑを聞きつつわれ疲れ居り

と共に「百子」と題して歌集『ともしび』の大正十四年に初出して以後茂吉の家族愛、子らへの思いが当然深くなってくる。

女《め》の童《わらは》あつぶすま着てねむりたりはや宵々《よひよひ》は寒くなりつつ

等につづく掲出第二首などは特にそれを思わせるではあるまいか。まだ稚い「女《め》の童《わらは》子《ご》」百子に低く顕つ稲光、自然の象徴たる光を盛んに見せるのである。

とし二つになれるをさなご着《き》ぶくれてわがゐる前を幾度《いくど》にても走る

こんな単純も感慨深いのが親というものである。

昭和十年代、夫人と別居生活となった茂吉は四人の子供を懸命に育てる。もちろん手伝いの女性や、病院従業員らの十分な支援もあったろうが、学校の保護者会などにも出て、教育パパぶりも発揮した。

　父われはまなこつむりてこの日ごろいかにわが子等ゐるかとぞ思ふ

成長してやや遠くなる子らである。

昭和十九年の作には成長した百子が出てくる。

　くだりゆかむ娘のためにいささかの紅茶を沸《わ》かすわが心から

　空襲の夢をみたりとこのあさけ笑《ゑ》みかたまけて娘《むすめ》はひりく

戦時下、敗戦色濃厚のこの年百子は嫁いだが茂吉は歌にしていない。

茂吉家の人々④

夏ごろより次男もこゑがはりそめて漢文読本読むこゑ聞こゆ　『霜』（昭和十六年）

八月も今し尽きむと山家《さんか》なる雨のゆふぐれ次男炊事をする　『つきかげ』（昭和二十四年）

次男宗吉、のちの作家北杜夫が茂吉家の一員として登場するのは昭和二年五月一日で、斎藤茂吉が青山脳病院の院長の職を継いだころである。この七月には、茂吉の『赤光』などを高く評価する評論をし、且つ医師茂吉の患者でもあった芥川龍之介が若く世を去った。

第一首は、斎藤家の避暑地温泉付きの箱根山荘に、共に過ごして、その成長に気づいたところである。十四歳の少年宗吉が漢文読本を大きい声で読んでいるのも親しい。同じ時に

山なかに来て気づきつつ居り次男《じなん》もこゑがはりしてわれに優《やさ》しも　『霜』

という作もある。

次男宗吉・北杜夫の漢文と言えば、一年前昭和十五年五月十三日の佐藤佐太郎の「茂吉随聞」の記事に「先生は宗吉さんをよんで漢文の試験答案をもって来させ、満点を得たその答案を私たちに見せた」とあり、宗吉少年が漢文を得意としていたことがわかり、また茂吉がわが子の満点答案を門人に示しているのも微笑ましい。更に、この時、茂吉自身の「高等学校受験準備時代のノート数冊を二階からもって来て見せた。ノートはたくみな細字で書かれ、整然おどろくべきものであった」と随聞のその続きにある。このノートは今斎藤茂吉記念館に寄贈されて常設展示して居り、私もその見事さに驚くし多くの入館者がこの前に立ち止まっている。

第二首は、宗吉が東北大学の医学部に進み、ひそかに小説を書き始めていた頃の作である。宗吉が長期休業中、箱根山荘に静養する晩年茂吉の世話をし、手際よく炊事をして父を支えた。

宗吉は旧制高校時代から友人らと『赤光』を読み、歌人茂吉を尊敬していた。だから山荘で共に過ごすとき、父茂吉と文学の話をしたい宗吉に対し、父茂吉は医学の話のみをしたという。北杜夫の「茂吉論」にその話が出てくる。次男宗吉は昆虫少年で、昆虫に関する学識は父茂吉を相当に超えていたらしい。

孫太郎虫の成虫が源五郎虫にしてまのあたりするどき形態あはれ

『のぼり路』（昭和十五年）

茂吉のこの歌の誤りを最初に指摘したのも次男宗吉だといわれている。孫太郎虫はヘビトンボ科の薬用昆虫ヘビトンボの幼虫で、成虫になっても源五郎にはならない。源五郎虫はゲンゴロウ類の水生昆虫で別種だというのである。

源五郎を飼ひて居りしがをさなごは二つとも今日放ちやりけり

同

この幼子が長じて、父茂吉から一本取った感がある。

茂吉家の人々⑤

空襲の夢をみたりとこのあさけ笑《ゑ》みかたまけて娘《むすめ》はひりく　『小園』（昭和十九年）

栗の飯《いひ》のそのあぢはひをかぐはしみわれの娘とともに食ひける　「拾遺」（昭和二十年）

次女昌子が茂吉家の末子として登場したのは宗吉の誕生の二年後、昭和四年十月二十五日で、父斎藤茂吉四十七歳にあたる。この年の茂吉は、一月に佐々廉平の診察を受け慢性腎臓炎と診断され、以後の食養生が始まった。養父紀一没後の病院の再建運営と共に「アララギ」を中心として作歌・文筆活動も盛んであった。「平賀元義」「明治大正短歌史概観」等の執筆、土岐善麿らと朝日新聞社の飛行機に乗り、初めて空から地上を見た作「虚空小吟」一連を発表した年でもある。

第一首、昭和十九年「歳晩」と題する一連にある作、既に長女の百子はこの年十一月に嫁いでいるから、茂吉の部屋に入ってきた娘は次女の昌子十五歳である。昌子の出生には、父茂吉が多忙であったせいだろうと思われ、作品もなく、日記自体もつけていない。この翌

年、郷里山形県金瓶（現上山市）に疎開して

ひと夜われ空襲のさまを夢にみてみやこにこもる妻子しおもほゆ　「拾遺」

という作があるのは、この歌とかかわっているかも知れない。

第二首、手帳五十五、十月六日にある歌。昭和二十年五月二十五日、東京青山の茂吉家は病院と共に空襲により全焼、妻輝子、茂太夫人美智子、宗吉、昌子は焼け出され、輝子と昌子は金瓶の茂吉の下に合流した。薫り高い栗ご飯を娘昌子と共に食い、戦時下ながら至福のひと時を過ごすところである。十月にはこの十六歳の昌子は一人帰京して、姉百子の嫁ぎ先にしばらく世話になる。その昌子を想う茂吉の手紙は短歌作品以上に心に沁みる。ごく一部を抜粋。

○「百子殿、御厄介乍ら昌子御指導たのむ（父より）」20・10・31

○「蔵王山と月山にはもう雪が降つた。雨が降つて橋が流れたのは昌子は知つてゐるだらう、あれは新しくかかつた（父より、宮尾様によろしく百子姉さまによろしく）」20・11・3

○「十三番（註：多分学業）なら極めて上等だ、三月迄勉強してください（体に無理しな

いで)」20・12・31

○「拝啓丈夫で働いてゐるよし父も大によろこんでゐる。母も宗吉も無事である。母は十日すぎに帰京する。卒業後の方針は、茂太兄上と相談しなさい」21・2・6

○「昌子が家庭的でいろいろ働くのは父も大によろこんでゐます。手紙も上手になり字も旨くなりました」21・8・19

○「無事卒業でおめでたう。(中略)聖書の精神を体得し、実行するやうに努めて下さい」22・3・10

茂吉家の人々⑥

男子《ヲノコゴ》のおひすゑいはふ今日《ケフ》の日にわれは東京の茂一を祝ふ

5月5日「拾遺」（昭和二十二年）

ぷらぷらになることありてわが孫の斎藤茂一《もいち》路《ろ》上《じやう》をあるく

『つきかげ』（昭和二十三年）

茂吉家に孫が初めて登場するのは、昭和十八年十月に結婚した茂太・美智子夫妻の長男として、茂一が誕生した昭和二十一年四月で、茂吉は疎開先を大石田に移し、肋膜炎に罹り臥床療養中だったが、大変な喜びようにて、多くの手紙を送り、食糧難時代だから、親しい友人に頼んで、山形から物を送り授乳困難にならないための努力もしている。

茂吉は初孫茂一をいわば溺愛し、残っている手紙にも「美智子の妊娠は天のたまものゆゑどうか自重してくれ。僕も初めての孫がみられるので、心がほがらかである」（略）。「孫の名前は、正一、倹太郎、春吉などはどうか。女なら二人にまかせる」（略）。「茂一坊やどうしてゐるか」(略)。「茂一と家族の写真とどき大に喜ばしい。茂一なかなか上等にて、宇田の祖父(註、美智子父親)とこちらの祖父(即ち僕)に似てゐるから『ヂヂッ子』といつてよいネ」(略)。といった具合で、父茂太博士も「日本一茂吉に愛された孫」とその著書に書き残している。

第一首、「おひすゑ」は生末・生い先で成長発展して行く末を祝う行事、笹巻など子供の喜ぶ御馳走を造り祝賀するらしい。半紙に笹巻の絵が添えられ、この歌が、まだ字の読めない初孫茂一に送られている(斎藤茂吉記念館蔵)。また同じ節句を祝って茂吉の手になる鯉幟の赤と黒の鯉とがはがきに描かれ、茂一宛に送られている。

第二首、人口に膾炙されている一首。疎開先大石田から昭和二十二年の暮れに東京に帰り家族と合流し、孫茂一と対面し、翌年満二歳くらいの孫の姿である。外でよく遊ぶようになり、祖父茂吉はそれを見守るのであろう。目いっぱい遊び、疲れ切り、「ふらふらに」なって路上を歩くことがある。

「ふらふら」を強調して破裂音の「ぷらぷら」と言っているのがいかにも茂吉で、「ふらふら」より激しい状態だから「ぷらぷら」なのであろう。幼い男児の感じが言い当てられている。

少しづつ生長をするをさなごをわれはめぐしと見るを楽しむ

「拾遺」（昭和二十三年）

をさな児はたたみし布団越えむとすいくたびにてもころがりながら

『つきかげ』（昭和二十三年）

欠伸《あくび》すれば傍らにゐる孫真似す欠伸《あくび》といふは善なりや悪か

同

明日《みやうにち》は好新年《かうしんねん》と口ずさみ孫の寐しあと直《す》ぐ臥処《ふしど》に行く

同（昭和二十五年）

等多くの歌を残している。

茂吉家の人々⑦

背に負はるるこの穉兒《をさなご》よわが死後のいかなる時世《ときよ》に大きくならむ

『つきかげ』（昭和二十三年）

わが孫の章二といへるをさな兒をめぐしとおもふこの朝よひに

『つきかげ』（昭和二十五年）

茂太博士夫妻の次男、すなわち茂吉の二人目の孫は昭和二十三年二月に登場する。このころは茂吉の日記も丁寧に書かれていて詳しく知ることができる。「二月二十五日　水曜、ハレ、寒イ、（雪模様）男兒誕生　章二ト命名　◯午前三時ゴロニ宗吉ヲ起シテ勉強セシムソノアタリカラ美智子陣痛ノ催アリタル如ク　◯朝ハヤク起キ代田二丁目ノ産婆ニ行ク、午前七時四十分頃、男子分娩（章二ト命名ス）（以下略）」

命名も最初の孫の時のこだわりはなかったらしく、すんなりと決まった雰囲気が読み取れる。

第一首、その乳幼児の章二が背負われているところを見てしみじみと感慨を抱いたのである。成長した時には自分はこの世にはいられないが、どんな時代にどんな人生を送るか慮るのである。いかにも好々爺の実感がこもっているのではあるまいか。

足乳根の母の乳汁《チシル》の足らへるを直《タダ》飲む男子《ヲノコ》ごのいきほひは好し

「拾遺」（昭和二十四年）

という作もある。

第二首、二番目の孫だから、上の孫の成長ぶりに比して、より幼く、朝に夕べにその可愛さを殊更感じるところ。この作の前に「幼子の泣くこゑ聞こゆ母を呼ぶそのこゑきけば母にこだはる」という作もあって、こんなところにも「章二といへるをさな兒をめぐしとおもふ」のであったろう。

斎藤茂吉は肉親を大切にし、歌に残しているが、孫の歌はその人間性の深さを改めて感じさせずにはおかない。

線路こえてわが稚兒《をさなご》をあそばしむをさな兒ときどき坂きほひくだる

『つきかげ』（昭和二十四年）

朝けよりしたひまつはる孫二人この老によきところいくばくかある

「拾遺」（昭和二十四年）

孫ふたりわれにまつはりうるさけど蜜柑一つづつ吾は与《あた》ふる

『つきかげ』（昭和二十五年）

をさなき児ものいふ聞けば楽しかり人の世の「まこと」の始《はじ》まりなるか　同

わが孫もわれもひと時よろこべと一月十日雪ふぶきせり　同

ざっとこうした作品を取り上げてみると、「孫」の歌には根源的な「人の世の『まこと』の始まり」であることに納得させられる。

昭和二十六年以後にも孫が登場するが、茂吉の力が尽きてしまったのは残念というほかない。随筆等に大活躍の孫斎藤由香の作品があったらどんなに楽しいことだったか。

茂吉家の人々⑧

我《わ》が母よ死にたまひゆく我《わ》が母よ我《わ》を生《う》まし乳《ち》足《た》らひし母よ　『赤光』（大正二年）

一切《いつさい》の女人《によにん》はわれの母《はは》なりとおもへる人は清《きよ》く経《へ》にけめ　『寒雲』（昭和十二年）

斎藤茂吉の歌は何を詠っていても身に沁みる面白さがあり、抒情詩短歌のもたらす豊かさがある。今回は実母守谷いくを詠った歌を見る。

明治二十九年（一八九六）上山尋常高等小学校高等科を卒業した茂吉は、この八月に父とともに上京、浅草東三筋町の医院斎藤喜一郎・紀一方に寄寓、やがて東京帝国大学医科大学を卒業、医師となり斎藤家の病院の後継者となる。

大正二年（一九一三）実母いくが危篤となり、郷里に向かい医師として母を看取る。その時の「アララギ」に発表した連作「死にたまふ母」五十九首が、第一歌集『赤光』の代表作である。

第一首がその中の一首。母の死を凝視して心の奥から、湧き上がる母への思いを謳いあげている。この一連は、四部構成になり、危篤の報に東京を朝早く出て駆けつけるところが「其の一」、医師として看病し、臨終を見とどけるところが「其の二」、夜すがらの火葬に立ち会い、朝日の昇る中でお骨を拾うのが「其の三」、一切が済み、懐かしい郷里の草木などを顧み、弟を伴い、近くの温泉宿に疲れを癒し、亡き母を偲ぶのが「其の四」。テーマをいかす構成力といい、表現力の鮮やかさといい、近代短歌連作の偉大な功績となった。殊に私は、母性讃歌として、自身の母にも「死にたまひゆく」など敬語になっていることに注意する。この精神はその後の茂吉の母を詠った歌にも流れている。

第二首がそれで、「折にふれて」一連にあるが、茂吉のある時の実感であり願望であろう。「一切《いつさい》の女人《によにん》はわれの母《はは》なり」と思うようでありたいと願う心が母の死を「死にたまふ」と言わしめているのではあるまいか。

たらちねの母しおもほゆ年老いしわれはますます母しおもほゆ　『暁紅』（昭和十年）

「女性往来のため一首」と詞書があるから、求めに応じて作った歌であろうが、母性尊重の思いは老いて愈々強くなる。

麦の飯《いひ》日ごとに食めばみちのくに我をはぐくみし母しおもほゆ　『小園』（昭和十八年）

などにも同様の響きがある。

母おきてみまかりゆきしをさな兒を仏のみ手はいだきたまはむ　同

友人の幼児の死を悼んでの詠嘆。神仏の声を聞くようではあるまいか。

一寸ユーモラスな例もある。

この一月《いちぐわつ》に棄てられしは牝犬《めいぬ》なりしかば初冬《しよとう》には犬の母《はは》の位《くらゐ》ぞ

『のぼり路』（昭和十五年）

「母の位」を尊重してこの詠嘆があるから、単純に笑えない。

茂吉家の人々⑨

わが父が老いてみまかりゆきしこと独逸の国にひたになげかふ　『遍歴』（大正十二年）

七十四歳になりたまふらむ父のこと一日《ひとひ》おもへば悲しくもあるか　同

実父守谷伝右衛門（熊次郎）の死は茂吉が留学中、ウィーンからドイツのミュンヘンに移ったころに届いた。

この二首には次のような詞書があり、ほぼ一月遅れの知らせであった。「八月二十九日（水曜）、晴、父、守谷伝右衛門死去の報に接す。父は七月二十七日、故郷の金瓶村に逝きしとぞ」。

そのことと関係するかどうか、二年後の大正十四年、帰国していた茂吉の下に長兄廣吉が訪れ、父の晩年の様子を伝えたか、作品二首「みちのくの兄」が残っている。

みちのくのわぎへの里ゆ来《こ》し兄は父が臨終《いまは》のことを語りぬ　『ともしび』（大正十四年）

おもほえばかなしくもあるか熱たかく七日《なぬか》ふして父は死にゆきしとふ　　同

「わぎへ」は我が家つまり茂吉の生家のある里・金瓶から兄が来て、父親の臨終の様を語ったのである。母の時のように看病も医師として治療もできなかったことを残念がる響きがある。七日も高熱に侵され、治療らしき治療もなく亡くなったことが意識され、「おもほえばかなしくもあるか」と思わず嘆いたのであろう。

留学から帰った茂吉は火災後の病院復興に全力を注ぎ、かたわら「ドナウ源流行」（「中央公論」）や「念珠集」（「改造」）など随筆の執筆を多くした。特に後者には、父のことが多く出てくる。たとえば「新道」には、六歳くらいの茂吉を背負って出来たばかりの新道を歩く父親は、道路の真ん中を歩き、後ろから来た人力車にも道を譲らず、車夫と喧嘩になる話が書かれている。一刻な人であったらしいが、山岳信仰に篤く、日記などもきちんと書き、子供を叱るということもなかったらしい。茂吉は生涯、この父親を尊敬している。

あかつきに群れ鳴く蟬のこゑ聞けば山のみ寺に父ぞ恋《こひ》しき

『ともしび』（昭和二年第四回安居会永平寺）

わが父がわれを導きこの山にのぼりしころは腰まがり居き

『ともしび』（昭和三年出羽三山）

この吾を護《まも》り給はなあはれあはれ父母《ちちはは》のためをさなごのため

『ともしび』（昭和三年湯殿山）

わが父が本卦還《ほんけがへり》をよろこびしことおもひ出《で》て夜床《よどこ》にゐたり　『霜』（昭和十七年還暦）

「本卦還」は還暦を迎えたことであり、茂吉も還暦をさまざまに記念している。

茂吉家の人々⑩

Wilmanns《ウイルマンス》教授にあひてわが父が嘗て来しことをおもひいでつも

『遍歴』（大正十三年）

わが父が嘗てここにて学びしをおもひ偲びて語りあひける　　同

生家の実父の死去の知らせを受けて悼む歌が『遍歴』にあってすでに前回書いている。同じ『遍歴』にあるこの「わが父」は養父斎藤紀一で、十四歳で上京し、書生として養育を受け、明治三十八年東京帝国大学医科大学に入学するとともに、紀一の次女輝子（十歳）の婿養子として入籍、守谷姓から斎藤茂吉となり、以後父として敬い、非常に大切にしている。

第一首は、Wilmanns《ウイルマンス》教授にあるいは養父紀一が学んだことがあったのか。紀一の学んだ教授を知っているということか、その辺りは定かではないがとにかく茂吉は紀一と同じところで学ぶことに深い感慨を改めて抱いたのである。喜びも自ずから湧いていたであろう。

第二首、それから十日ほど過ぎて、精神病学教室で、二人のドクターと一緒であることが詞書でわかる。紀一の学んだ頃の教授Hitzig《ヒッチッヒ》（おそらく立派で優れた名教授）の写真も見せてもらい、茂吉は「鬚の白」さに注目して、その時の思いを歌に残している。

この大正十三年に茂吉は留学が終わり、七月にパリで、妻輝子と会し、以後四か月ほど二人は西洋諸国を歴遊し、美術館を巡り、ゴッホの墓参などもしている。十一月三十日にマルセーユを出帆、帰途に就く。十二月二十九日香港。翌三十日の船上にて養父紀一の青山脳病院の全焼を電報にて知る。茂吉四十二歳だった。

焼け跡に帰国した茂吉の苦労はここから始まり、養父紀一の苦渋も一通りではなかったと思える。四年後の昭和三年に養父紀一が熱海で亡くなる。この挽歌は「籠喪」と題し、一連十首の大作である。「十一月十七日、父紀一身まかりたまふ、行年六十八歳」云々の詞書を添え、心情のこもる作が続き、一読心に沁みる。

わが父を永久《とは》におくりてみだれたる心しづめむ宵《よひ》のひととき　『ともしび』（昭和三年）

かぞふれば明治二十九年われ十五歳父三十六歳父斯く若し　同

休みなき一代《ひとよ》のさまを謔《たはむ》れに労働蟻《らうどうあり》といひしおもほゆ　同

働《はたら》きて一代《ひとよ》を過ぎしわが父をひたにぞおもふ一家《うから》寄りつつ　同

今ゆのち子《こ》らも孫《うまご》も元祖《もとつひと》Begründerと称へ行かなむ　同

養父への思いが純粋にひびく。深い哀悼と共に後継の決意が窺え、現に長男茂太さん、孫の章二さんと共に四代にわたってこの精神は受け継がれている。

北杜夫の小説「楡家の人々」もこの一連の歌が着想の原点になっているかも知れない。

茂吉家の人々⑪

われ明治二十九年の晩夏《ばんか》より呼びにし母をいまぞとむらふ

『つきかげ』（昭和二十三年）

東京のまだうらわかき母のべに楽しかりにき朝な夕なに

同

第一歌集『赤光』の「死にたまふ母」は、「母の死」をテーマとして、抒情詩短歌の領域を広く且つ深く伸展させるものであった。一首一首が独立の響きを醸すとともに、連作として四連に構成された強い力が全体からひびく。写生（リアリティ）に徹していながらローマンの響きを醸すのは、単なる母の死を悼み、悲しむところを超えて、母への讃歌、母性全てへの崇敬の思いが伝わるからであろうか。

この思いは茂吉の場合、養母ひさ即ち養父紀一の妻、夫人輝子の母にも及んでいたように思える。

明治二十九年（一八九六）、十四歳の少年にして上京、斎藤紀一家に寄宿する。お付きの女中がいたにしても、養母の存在は大きかったはずである。母にしては若い養母に親しみ、また大事にされていたことを書き残している。やがて夫人輝子の母であるから、関りは殊更であったと思われる。昭和二十三年一月二十六日、その養母が没すると挽歌十首を作って悼んでいる。足乳根の母とは異なる「死にたまふ母」がしみじみと出て、茂吉という歌人の心情がいきいきと浮かび出る。

第一首、十四歳にてまみえ、「母」と呼び「行年八十二」の養母を、わが母として弔うのである。茂吉は六十六歳になっていた。郷里の母とは異なり「お母様」などと、賢く郷に従ったのであろう。

ながき世のこととも思ふ瞬《またた》きのひまとも思ふ養《やしな》ひの我が母はや　同

五十年の過去をおもひてわが母を弔ふなべに涙いでむとす　同

争ひし事もあらなくにあり経しをおのづから時の過ぐと思ひき　同

いわば半世紀世話になったという思いが背景にある。茂吉は生母には三十一歳にて死別しているから、正確には「五十二年」という養母との歳月には感慨が深いのである。

第二首、茂吉と養母ひさとの年齢差は十六歳であるから、都会暮しの養母は四十歳、生母とは違う若さを持っていたに違いない。「東京のまだうらわかき」にはそんな感じが漂う。朝夕会うたび楽しかったという実感も率直である。

　われもまた年は老いたり孝《かう》の子《こ》と人はいふとも否《いな》も諾《う》もなし　同

　すでにして現なる世にいまさねど今よりのちもわが感慕《かんぼ》の母《はは》　同

火災で失くした紀一の病院を再興し、義弟に継がせた、まさに孝行息子の茂吉を養母も口にすることがあったのだろう。

家族を詠うとき人間茂吉が殊に鮮やかに出る。

茂吉肉筆のある歌①

天地《あめつち》によき娘子《をとめ》えてまぐはひす汝《なれ》のいのちはいやあらたしき　『白桃』（昭和八年）

春の日の光かがよふゆたけきにをのこ児のこゑ楽しくもあるか　『白桃』（昭和九年）

斎藤茂吉記念館には二〇一八年の五十周年リニューアルオープン以来、茂吉真筆が新資料として多く提供を受けている。殊に斎藤茂吉直系の御遺族の皆さんが進んで寄贈あるいは寄託していただいて、貴重な資料がそろった。そのごく一部になるが紹介も含め

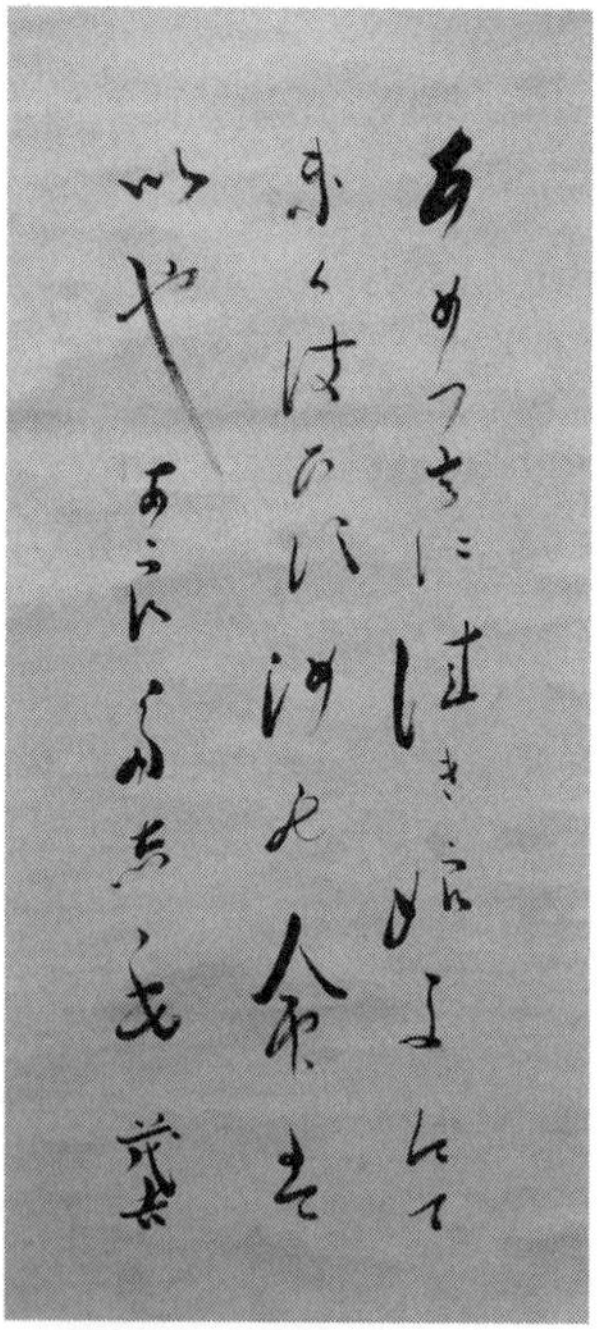

（斎藤茂吉記念館蔵）

て、茂吉の体温の伝わる真筆と共に作品を、読み進んでみたい。

第一首、昭和八年二月、斎藤紀一の長男で、妻輝子の弟、茂吉の義弟に当たる斎藤西洋が結婚しそれを祝福した作。この世の素晴らしい乙女を得て、契りをするお前さんの命はいよいよ新鮮で、豊かな未来を感じさせる、という思いが込められて、この半折が贈られている。歌集、つまり活字では「天地」にルビ付きだが、肉筆では柔らかい平仮名となり、結句は助詞の「も」を添え期待を強調している。これが肉筆の味わいというものであろう。「まぐはひす」の「す」は、「須」のくずし。平安時代の国宝「秋萩帖」に用例があるから、茂吉がそういうところにも眼を通し書を学んでいたことがわかる。この時

幸《さいはひ》は妻を得てよりはじまりて心しづかなる年老ゆるまで　『白桃』（昭和八年）

という作も、「西洋新婚賀」として残している。

第二首、「祝斎藤洋一誕生」という詞書があって、先の義弟西洋に長男が生まれ、それを祝って贈っているもの。斎藤紀一に始まる斎藤家の後継者の男児だから、春の日の光がかがやく中に生まれ来た、男の子の声は楽しいではないかと、一族の長として、心から祝福した。男の子の誕生にふさわしい鯉の絵は、アララギの歌人で茂吉門、日本画の加藤淘綾の

作。そののち戦時下に茂吉が郷里山形へ疎開し、大石田に移った時、この加藤淘綾が近くに疎開していて、茂吉に日本画の手ほどきをしてその作品が多く残った因縁もある。

　こんな半折を見ていると魅力的な日本の文化、芸術だということを強く感ずるのではあるまいか。毛筆による「手書き」が心を養うことを現代歌人も忘れてはなるまい。

（斎藤茂吉記念館蔵）

茂吉肉筆のある歌②

すべなきか蛍《ほたる》をころす手のひらに光つぶれてせんすべはなし　『赤光』（大正二年）

玉きはる命《いのち》をさなく女《め》童《わらは》をいだき遊びき夜半《よは》のこほろぎ　『赤光』（明治四十四年）

斎藤茂吉はとにかく筆まめで、几帳面な作家でもあったから実に多くの肉筆の短歌作品、随筆等を残してくれている。公刊されている歌集の肉筆清書のものが十四冊あり、戦時下の所謂幻の歌集でも数冊は明らかになっているから、膨大な短歌作品の肉筆の味わいを可能にしている。大著『柿本人麿』もその手書き原稿が六分冊になって斎藤茂吉記念館に保存されている。

第一首、大正二年七月三十日夜、上諏訪に滞在中の茂吉の下に、師伊藤左千夫急逝の悲報が届く。茂吉は蛍の飛び交う道を高木村の島木赤彦のもとへ走ったのである。「ひた走るわが道暗ししんしんと怺《こら》へかねたるわが道くらし」を第一首に十首の連作になっている。この歌は緊迫感がよく出ていて、「光つぶれて」等今日でも新鮮な表現である。

この短冊が残ったのも、この伊藤左千夫の死と関係する。すでに古泉千樫、島木赤彦らと「アララギ」の編集の中核になっていた茂吉らは、刊行を続けるには資金の調達にも腐心しなくてはならない。会費制以前のことだから、本屋に人を使って買わせたり、短冊色紙等の頒布会もしばしば開かれた。お蔭で、今日われわれは力強い茂吉初期の字も見ることができるのである。後に拘った茂吉の「吉」もこの時期は「吉」であるのも面白い。

第二首背景の薄と思われる絵は「アララギ」の会員だった日本画家平福百穂の作で、それに茂吉が賛をして『赤光』の歌を入れている。「女わらは」は幼妻「輝子」であろうから、頒布会でも好評だったに違いない。

また、肉筆になると「玉きはる」の「玉」や「女童」などの漢字が柔らかい平仮名になっている。柔らかさ暖かさがさながら体温として醸し出されていることにも注意してよい。「肉筆」の味わいである。短冊という小品とは思えない風格も感じられるのではあるまいか。

パソコン全盛時代になり、その周辺機器も様々に進化してゆく。この趨勢を止めることはできないが、生きた「言葉」に深くかかわる歌人が「肉筆」のこの味・人間性を忘れてはなるまい。

（斎藤茂吉記念館蔵）

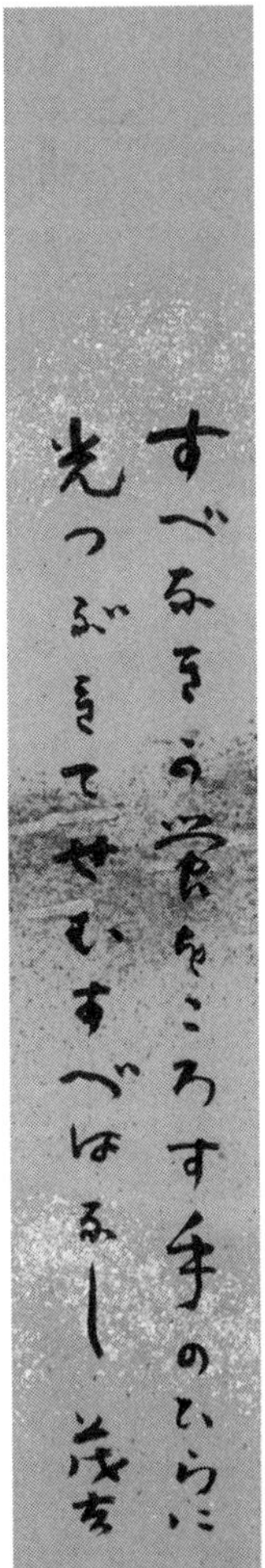

（斎藤茂吉記念館蔵）

茂吉肉筆のある歌③

たまくしげ箱根の山に夜もすがら薄をてらす月のさやけさ　『ともしび』（大正十四年）

あかがねの色になりたるはげあたまかくの如くに生きのこりけり

『小園』（昭和二十年）

山形県上山市の公益財団法人斎藤茂吉記念館も、新型コロナウイルスの影響を受け、ふた月ほど休館を余儀なくされた。私も県外移動自粛要請もあって、重要会議にさえも参加できない憂き目を見たが、六月以後再開され、現在（二〇二〇年）は「特別展収蔵資料展―茂吉が親しき人に贈った品々―」をテーマとする展示を展開している。今回の作品はその展示からの渉猟である。

茂吉は、独逸《ドイツ》墺太利《オーストリア》医学留学から、義父斎藤紀一の建立した病院が灰燼と化した跡に帰国して、懸命に再建に奮闘する。後始末と膨大な資金の調達等に苦悩して、とにかく茂吉は病院を再興し、義父斎藤紀一のわが国の先駆となる医学精神を継承、復興したのである。その

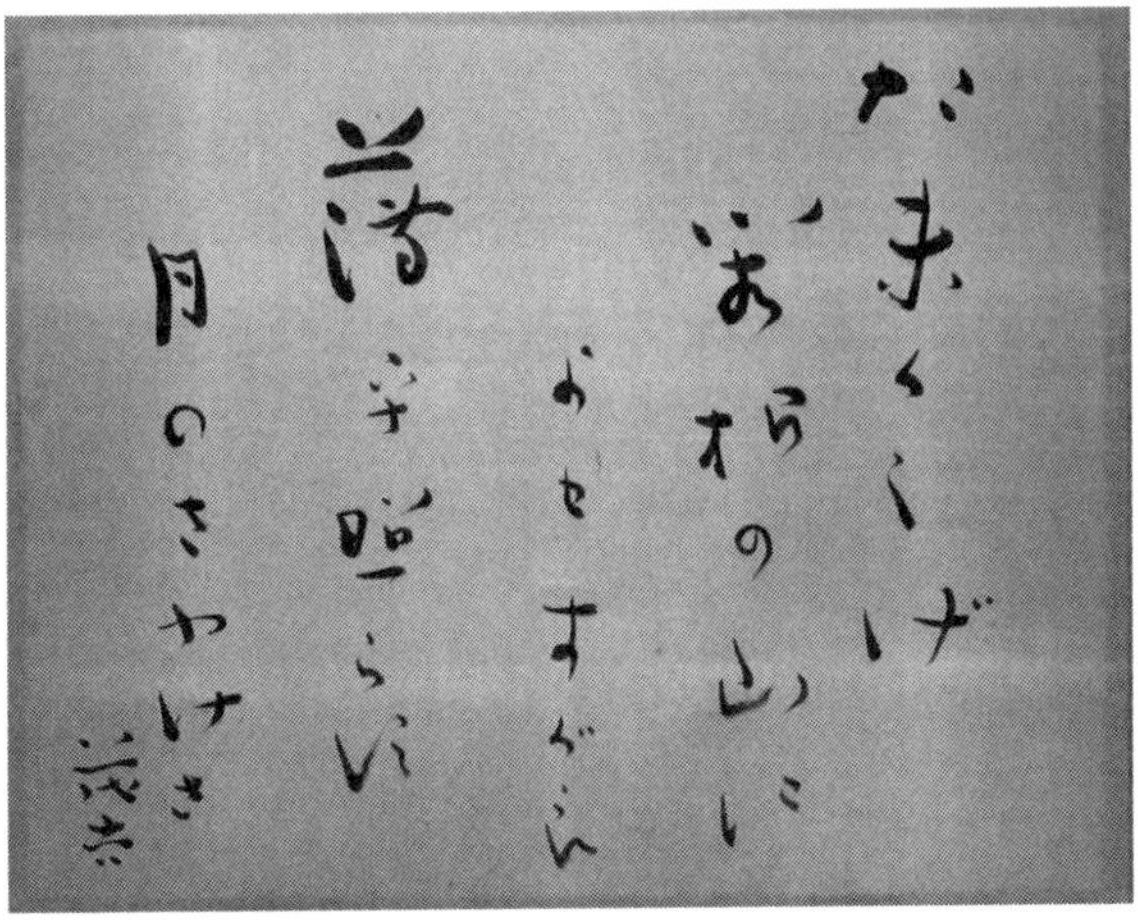

（斎藤茂吉記念館蔵）

間もなく、義父紀一は世を去り（昭和三年十一月）、茂吉は名実ともに斎藤家の当主となった。

先代紀一が遺してあった箱根の温泉付きの別荘に、一段落した歌人茂吉が滞在し、心身を養いつつ詠嘆したのが第一首。歌集『ともしび』に「箱根漫吟の中」其一其二其三として都合四十三首を載せている。沁み沁みと箱根の自然に浸る作品で、第一首は、其一の連の最後の歌である。「たまくしげ」は箱根の山にかかる枕詞。感慨を込めている。その特徴たる薄《すすき》を照らして月がさやかだと、シンプルに言い得て、俗塵に染まらない箱根の天然に迫っている。筆跡もその月光の感じを出しているようにも思える。

第二首、昭和二十年、郷里上山金瓶に疎開

中に茂吉は太平洋戦争の敗戦を迎える。羽織をまとい威儀を正し、玉音放送を聞いたのである。上山の肉親、弟の四郎兵衛、妹のなをに格別理解を得て、戦後生活を迎えることになった。自嘲の気息は、心深く戦中の様々を悔いるものであろう。筆勢もこころなしか神妙に対しているように感じられる。

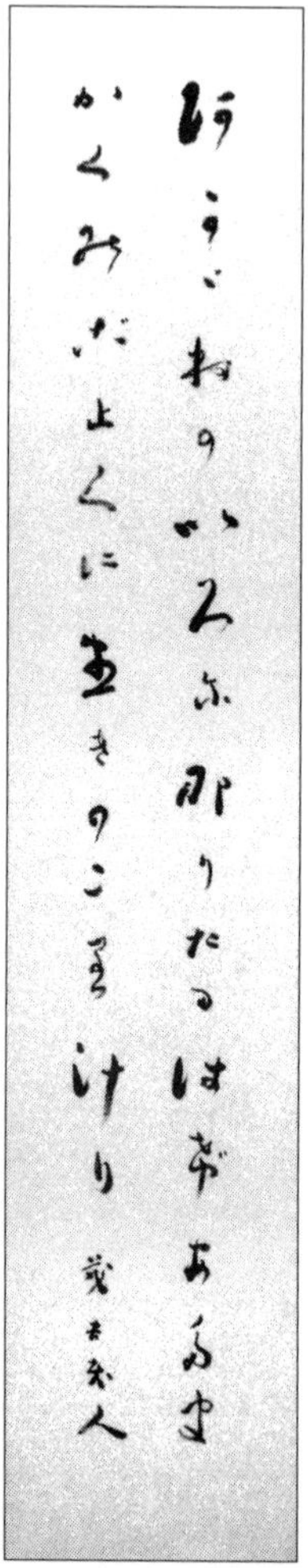

（斎藤茂吉記念館蔵）

あかがねのいろになりたるはげあたま
かくのごとくに生きのこりけり　茂吉老人

茂吉肉筆のある歌④

われ等にありては「写生」彼にありては「意志の放出」「写生」の語は善し

『寒雲』（昭和十四年）

大聖文殊菩薩中林梧竹拝書少年茂吉十五歳のため

『つきかげ』（昭和二十六年）

今回は茂吉の歌論と書の原点になるところを顧みることにする。

大正九年（一九二〇）四月号「アララギ」から「短歌に於ける写生の説」の連載をはじめ、短歌に対する基本的な態度を茂吉は確立してゆく。その後大正十年には、文部省在外研究員を命じられ、十月には海外留学の途に就いている。約三年にわたってドイツ、オーストリアで学び、大正十四年一月に義父紀一の青山脳病院全焼の跡に、夫人と共に帰国した。

昭和四年（一九二九）四月、小林勇の鐵塔書院から『短歌写生の説』を刊行、翌五月には三版を重ねている。この書「写生道」は、他の「写生」二文字のものと共に、やはり歌を作っていた弟四郎兵衛に昭和六年に贈ったもの。歌はそれから八年ほど後に出来ているが、

「写生」への覚悟が端的に出ていて、書の力強さに通うものがあるだろう。

第二首は、明治二十九年満十四歳の茂吉は縁戚の浅草医院斎藤紀一方に書生として寄寓した。それを祝し、激励して、茂吉英才教育の師隆応和尚の仲介で大書家梧竹が十四歳茂吉のために「大聖《だいじょう》文殊《もんじゅ》菩薩《ぼさつ》」に頭を垂れ敬礼して書いて贈ったというのである。いよいよ晩年、茂吉は改めて感動しこの一首を残した。

この箱書きが又貴重である。「コノ一軸ハ明治二十九年佐原隆應師予ガタメニ特ニ梧竹翁ニ依嘱セラレタルモノナルガ大正十三年年末青山脳病院全焼ノ際不可思議ニモ軸ノ一部コゲタルノミニテ不焚不焼ナリシモノ也　斎藤茂吉敬禮識」とある。その後茂吉没後にも火災に遭遇したらしく、この箱書きは焼失、軸は無傷で、現在斎藤茂吉記念館に遺族より寄贈され、誰もが見ることができる。

（斎藤茂吉記念館蔵）

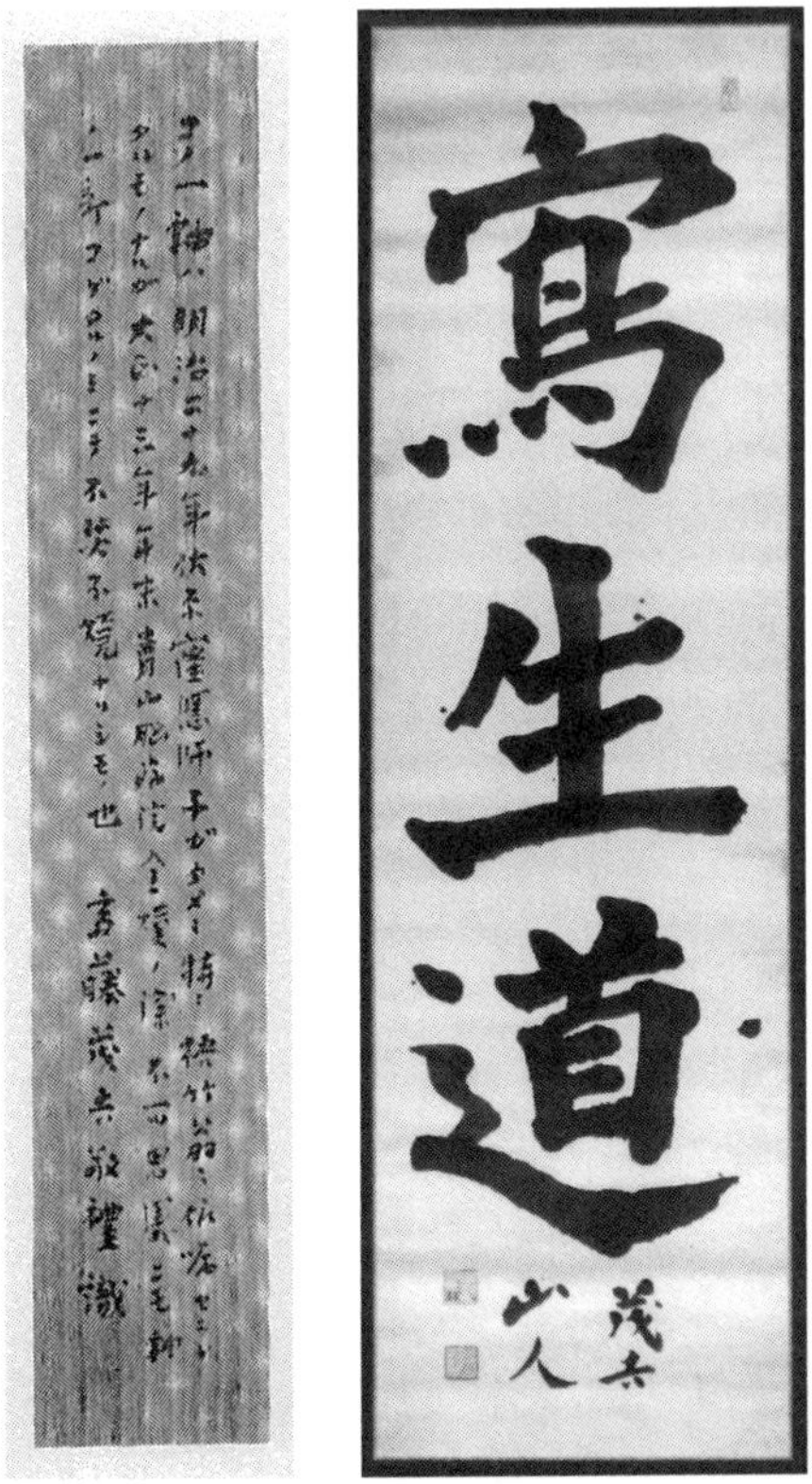

（斎藤茂吉記念館蔵）

茂吉肉筆のある歌⑤

陸奥《みちのく》をふたわけざまに聳《そび》えたまふ蔵王《ざわう》の山《やま》の雲の中に立つ

『白桃』（昭和九年）

わが歌碑のたてる蔵王につひにのぼりけふの一日《ひとひ》をながく思はむ

『寒雲』（昭和十四年）

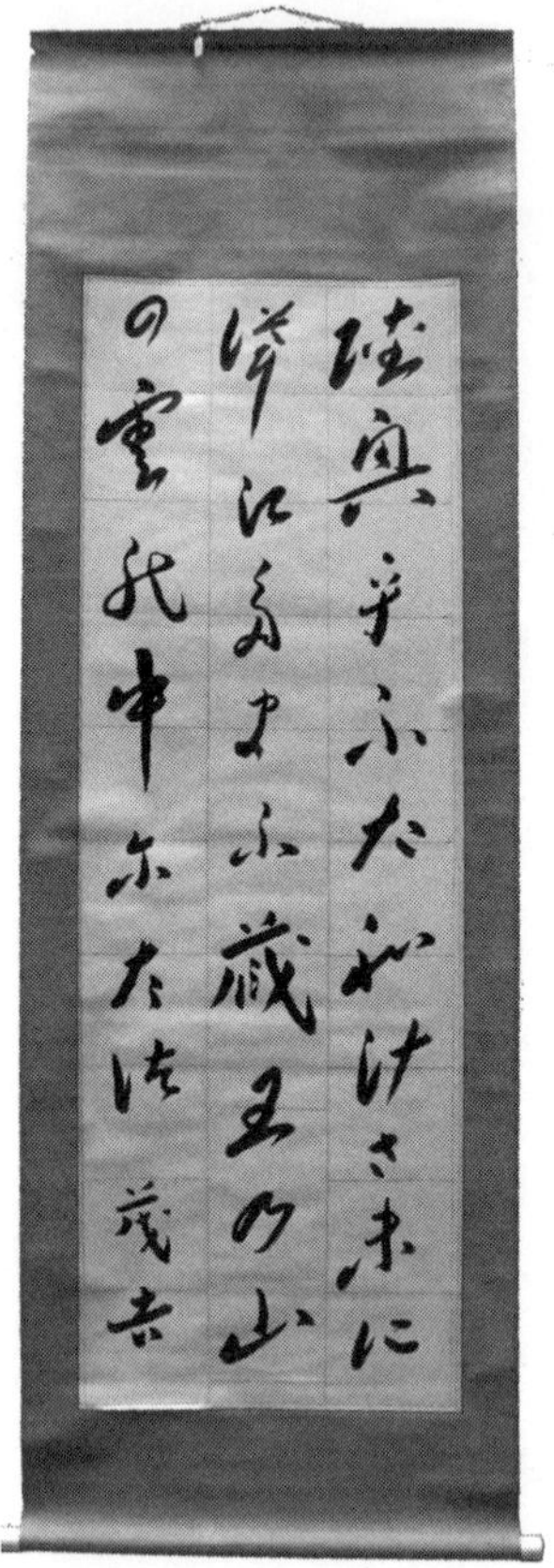

（斎藤茂吉記念館蔵
村尾二朗専門員作成資料）

（斎藤茂吉記念館蔵　村尾二朗専門員作成資料）

第一首、多くの方が御存知の一首。昭和九年、弟高橋四郎兵衛の願いに応えて、歌碑のために一首をつくり送ったもの。詞書に「六月四日、舎弟高橋四郎兵衛が企てのままに蔵王山頂歌碑の一首を作りて送る」とある通りである。茂吉の弟守谷直吉は、上山の山城屋旅館に養子として入り、高橋四郎兵衛を継いでいる。歌人としての兄茂吉を尊敬し、自らも作歌し茂吉の選を受けていた。蔵王歌碑の自筆原本が写真である。罫線があって丁寧に書かれ、一部書き改めたか、修正した部分もある。歌碑について茂吉はこの歌碑のみ許可し、全国に百六十基以上に及ぶ茂吉歌碑は本人の許可していないものである。この年昭和九年は『白桃』後記にあるように、悲嘆事が多く「精神的負傷」をしていた時であるから、弟四郎兵衛が兄茂吉を激励する意味もあった。歌集では結句「立つ」と漢字で、歌碑原本は「太津」であるのも注意される。

第二首、茂吉は歌碑の除幕式には参加せず、五年後の昭和十四年七月に河野与一夫妻、岡本信二郎らと蔵王に登り自らの歌碑にまみえている。その歌である、蔵王の自然石を使い、周囲に違和感のなく堂々と立っている姿に満足をしている気息が感じられる。この時「歌碑行」と題し、二十二首作っている。二年後の昭和十六年には

みちのくの蔵王《ざわう》の上《うへ》に立つ歌碑《かひ》が雪にうもれむ頃《ころ》となりつも　　『霜』（昭和十六年）

蔵王歌碑は茂吉の心に生涯あり続けたに違いない。

（撮影著者）

茂吉肉筆のある歌⑥

ひむがしゆうねりてぞ来る最上川見おろす山に眠りもよほす

『白き山』（昭和二十一年）

男子《をのこご》のおひすゑいはふ今日《ケフ》の日にわれは東京の茂一を祝ふ

五月五日「拾遺」（昭和二十二年）

第一首、昭和二十年四月十日、疎開のため単身東京を発ち、翌十一日に郷里上山に着き疎開生活が始まる。五月末米軍の空爆により、青山の自宅と病院が全焼。六月、夫人と次女が上山金瓶の茂吉の下に同居し、次男の宗吉は高校の寮にすごし、家族が散り散りになる。八月十五日敗北により戦争終結。衣食住全て事欠く戦後生活が始まる。昭和二十一年一月末茂吉は金瓶を去り単身山形県大石田に移り、疎開生活を続ける。夫人らは東京に帰った。最上川のほとりだが豪雪地帯でもある。しかし、門人の手厚い援護があって、肋膜炎を患うが快癒し、茂吉は絵も描き歌も多く作る心豊かな日々を過ごすことになった。この絵と賛はその平安の出ている一幅と言える。歌集では「眠り」だが、絵の賛では、「祢むり」の仮名になる。書の字配りの感覚であろう。この栗の毬は近くで見ると棘が鋭く指につき刺さるようで、いかにも茂吉の才能を感じさせる。

　第二首、昭和二十一年四月二十八日長男茂太の初めての子、茂吉の孫「茂一」が生まれ、祖父茂吉は大変喜び、まだ字の読めないその孫宛に最上川のほとりに鯉幟がたち、ひばりの飛んでいる絵を葉書に描き送っている。「おひすゑ」は「生ひ末」

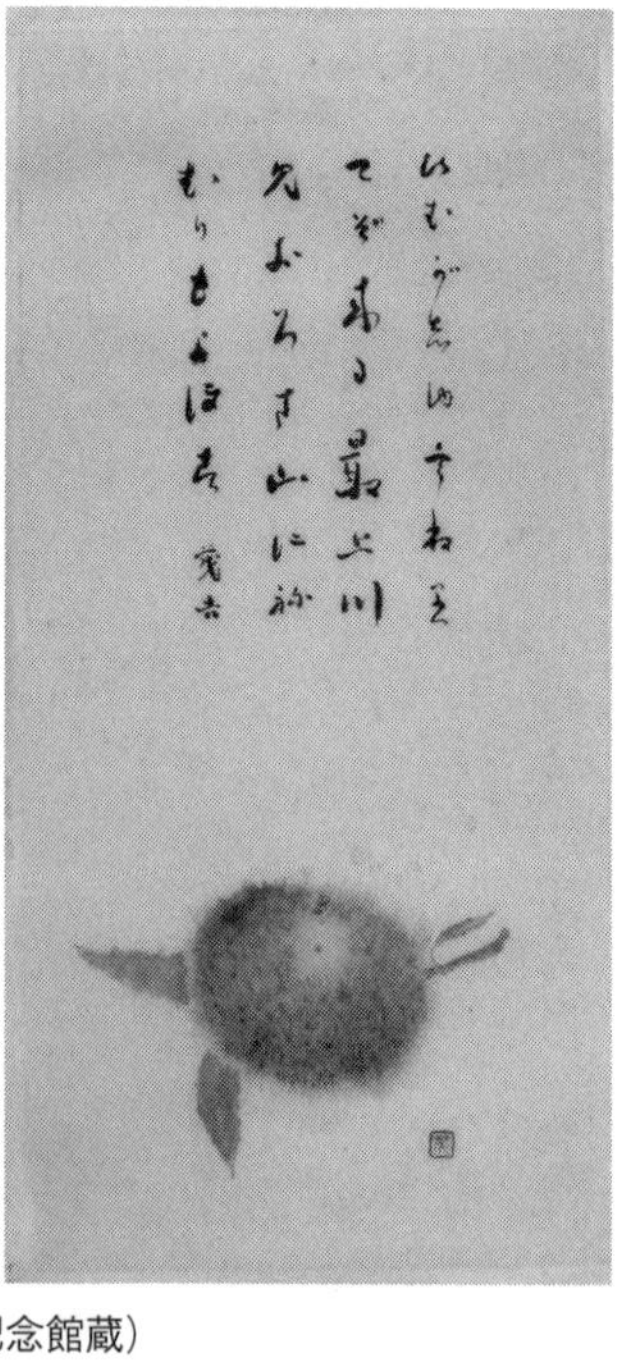

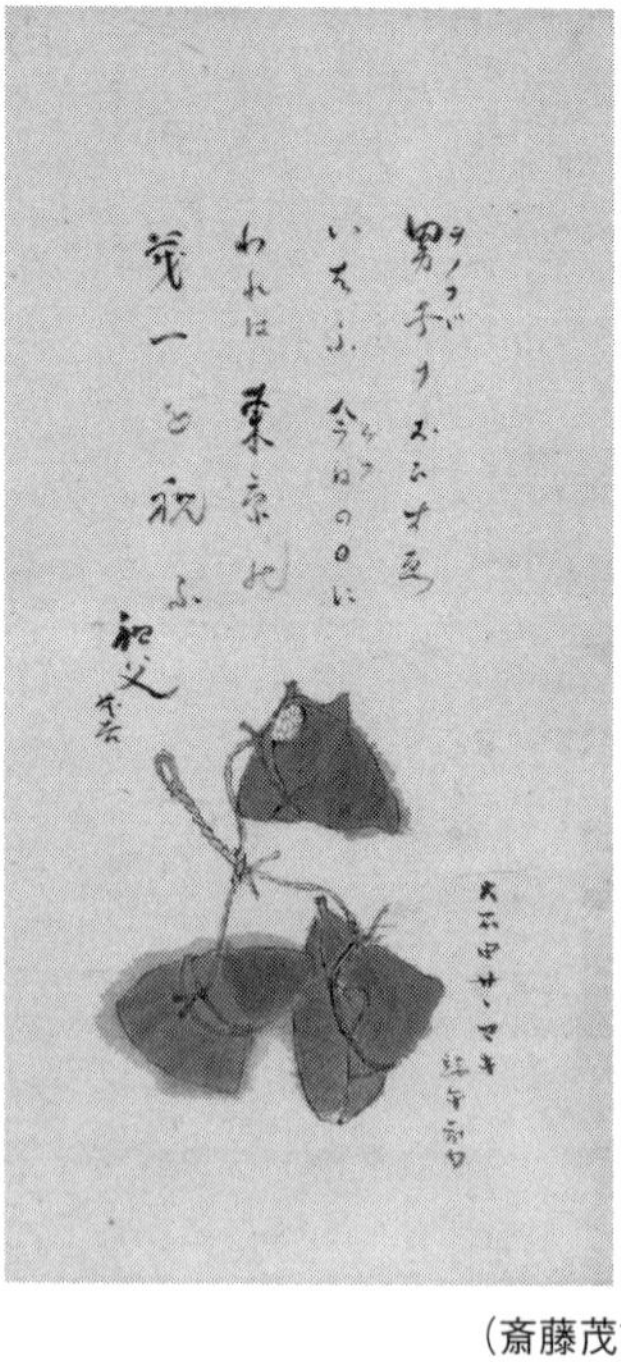

（斎藤茂吉記念館蔵）

で孫茂一の行く末・将来である。その祝いの端午の節句に茂吉は東京のわが孫茂一を祝いこの一幅を贈った。「大石田の笹巻」も新鮮な笹に、中身が溢れ、いかにも美味そうに描けている。

　くれなゐの大き牡丹のひらきたる庭におりたち慕ひまうすなり（露伴先生頌）

「拾遺」もこのころの作である。

茂吉肉筆のある歌⑦

たまきはる命生きむとはしきやしこの畑つものも食はざらめやも

「拾遺」（昭和二十年）

のこる雪いまだ厚きに日もすがら最上川べを雲雀啼きのぼる

「拾遺」（昭和二十二年）

第一首、手帳五十五（昭和二十年）十月三十一日に「南瓜写生画に題す」とあり、

やすらけきこのひとときよ天地のめぐみに成りしものを目守らむ

画賛としてこの歌が書かれている。八月十五日の敗戦、米軍進駐などで乱れた茂吉の心もこのあたりから、平静を取り戻したことが窺える。当日の日記にも「午前中ヨリ、南瓜ノ写生ニカ、リ、二枚カイタ、ソレカラソノ讃歌ヲ二首作ツテカイタ」とあり、二首目がこの画賛の作である。

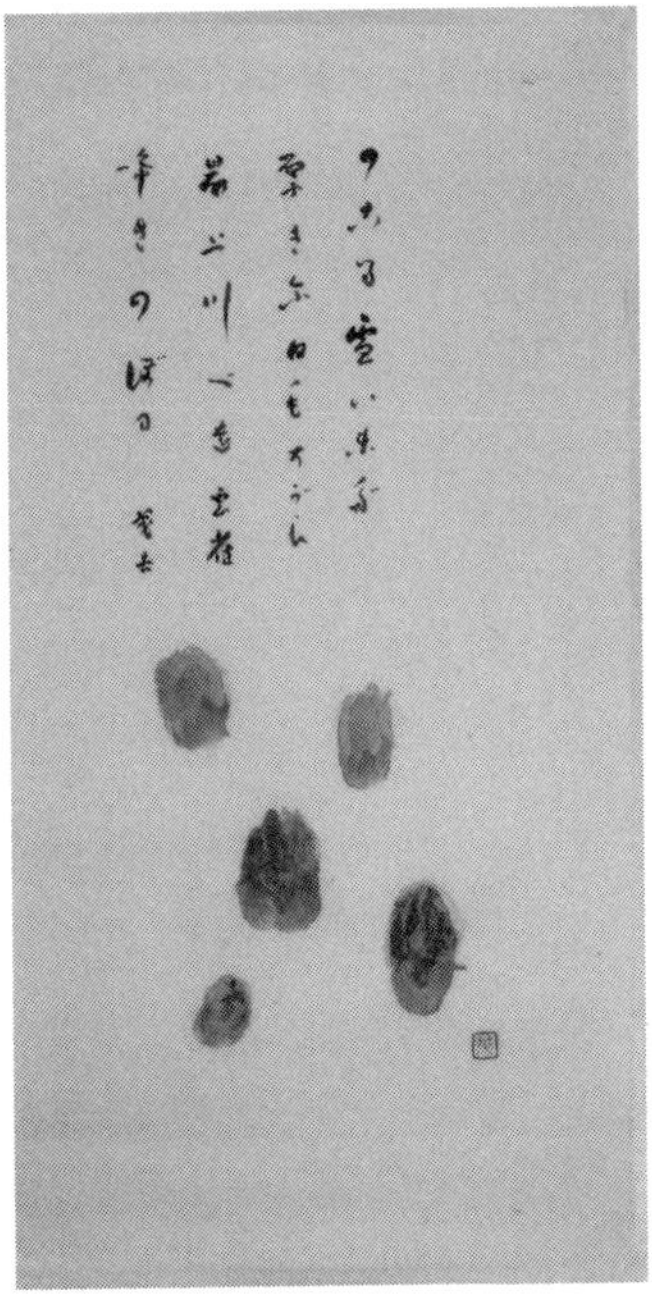
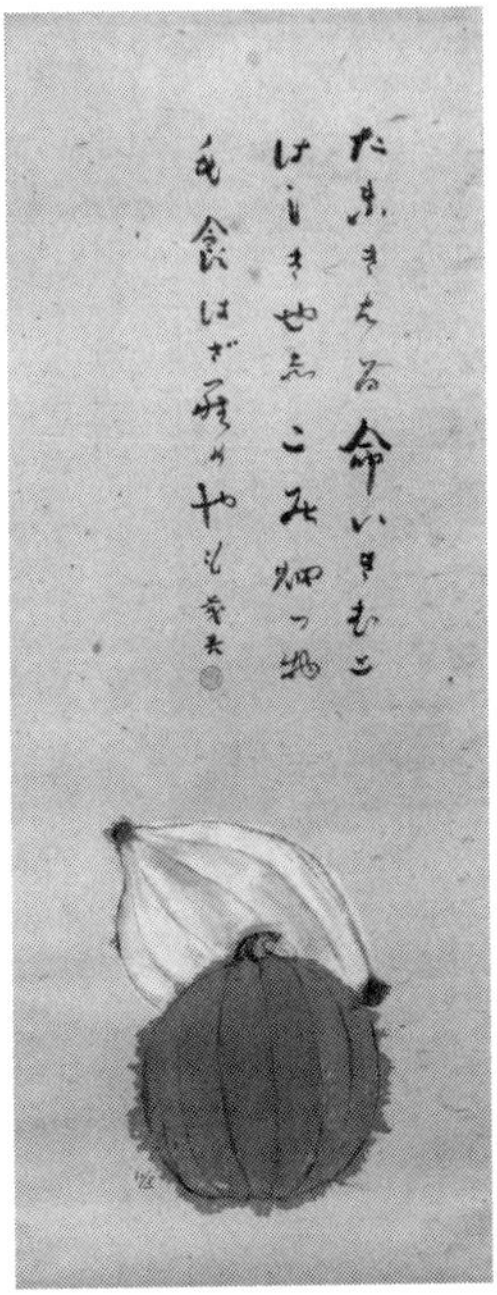

（斎藤茂吉記念館蔵）

敗戦後の物の不自由な時代に疎開生活をしているから、生きるためにこんなに美しくていとおしい畑のものをも食わなくてはならない、と詠嘆したのである。西洋南瓜と言われる種類だろうが、茂吉の郷里山形県上山は急に寒が来て、紅葉など植物の発色が鮮やかである。

　この南瓜もその美しさにひかれたのであろう。このころ茂吉はさかんに絵を描き、前日の日記には「夕方カラ草花ヲ採ツテ来テ絵ヲカイタケレドモ素人画ノモツトモ悪イトコロバカリ出テ駄目デアツタ。絵ノコトモヤハリ稽古セネバ駄目デアル」とあり、前々日には「午后ハ絵ヲカキ（略）辛ウジテ二枚カイタ」とある。

第二首、昭和二十一年の一月末に金瓶を去って山形県大石田に移り、二月一日からいわゆる聴禽書屋に落ち着く。しかし三月から五月まで肋膜炎で臥床するから、その快癒以後の作か。大石田は雪の多いところだから、雪の下からいち早く芽を出す蕗の薹は四月後半から五月となろうか。大石田での絵の作は絵描きが近くに居てあるいは助言を受けている絵の一つかもしれない。「のこる雪がいまだ厚く」ても、最上川のほとりは空に雲雀が啼き、雪の下には春が動き始めている。その感じが出て楽しい一幅ではあるまいか。

茂吉肉筆のある歌⑧

野分《のわき》だつ空《そら》のはるけくたなびきてあさぎのいろや澄みわたりたる　『白桃』（昭和九年）

秋雲《あきぐも》の荒れくるひまに見えそめしあさぎ細空《ほそぞら》は悲《かな》しきまでに　同

この二首は昭和九年「九月十六日向島百花園に正岡子規先生三十三回忌歌会を開く」という詞書があるとおり、その記念歌会の詠草である。九月十四日と筆跡があるのは、二日前に提出したのであったろうか。

第一首、野分は、二百十日、二百二十日頃に吹く暴風だから、「野分だつ」はそれに近い風が吹いていているところ。空の果てに、浅黄の色の空が澄み渡って見えると言って暗示的で、ありふれていない、天象の微妙なかがやきを見ている。上手い歌だと思う。

筆跡を見ると走り書きのようで、一字一字極めて丁寧である。歌会の歌稿でも茂吉は手を抜くことなく、茂吉の短歌に対する姿勢がこういうところにも見えるのは私には痛快である。

第二首も、連作になっており、「野分だつ」空の秋雲の状態である。荒れてくる雲と雲の間に見える浅黄の細い空が悲しみを誘うというのである。子規以来の写生を旨として作歌しているから、こうした意味ある自然を詠えた時、作者茂吉の満足は相当なものであったと思える。子規の三十三回忌歌会に相応しい作と言えるだろう。

アララギの歌人が子規を偲んで毎年こうした歌を残していることは顧みて立派なことではあるまいか。この筆跡は茂吉のいわばメモ片であるが、いろいろなことを思わせてやまない。

この日、百花園で茂吉は七首の歌を残している。詞書に「百花園の秋草のかずかず咲きみだるれどおとづるる人おほからずおほむね寂びに寂びむとす」とあって、全てが当然花の歌である。

ここに来《き》てひよどりじやうごといふ花《はな》をわれは愛《め》でつと人は知らなく
この園の白銀《しろがね》薄《すすき》たとふれば直《す》ぐに立ちたるをとめのごとし
にごり江《え》に睡蓮《すゐれん》も過ぎ百草《ももくさ》のこの花園《はなぞの》に秋さびむとす
さるすべりの老《お》い立《た》てる木にくれなゐの散りがたに咲く花《はな》を惜《お》しみつ

等という作が残されている。この追悼歌会には子規の縁者永井ふさ子が参加していて、茂吉と初めて出会っている。

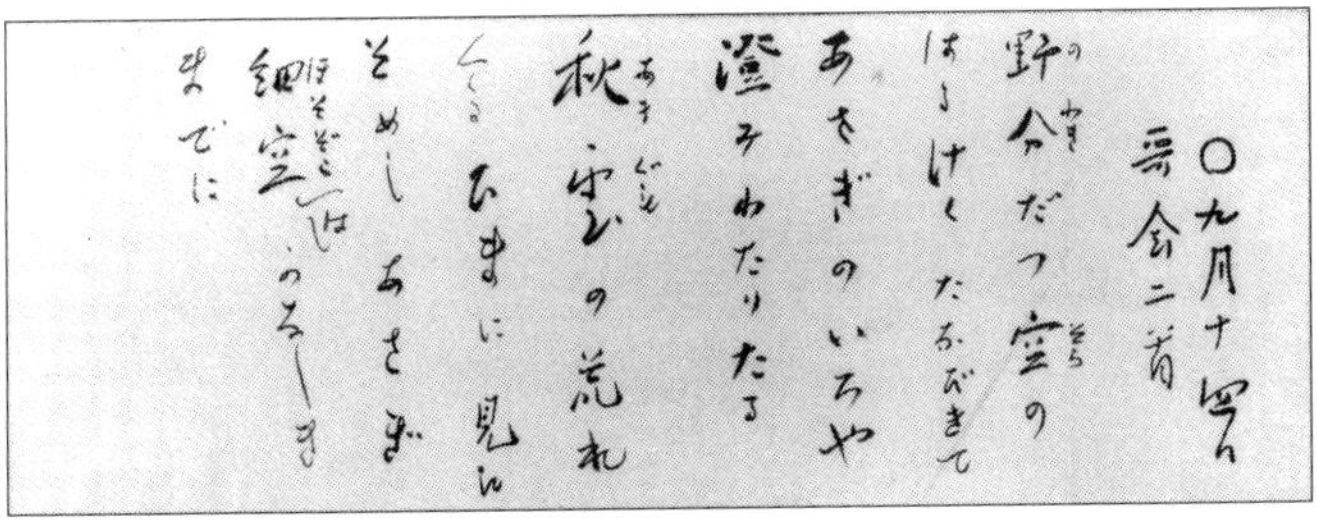
歌会二首
野《の》分《わき》だつ空《そら》の
はるけくたなびきて
あさぎのいろや
澄みわたりたる
秋《あき》雲《ぐも》の荒れ
そめしあさまぞ
までに

（斎藤茂吉記念館蔵）

茂吉肉筆のある歌⑨

むかうより瀬のしらなみの激《たぎ》ちくる天龍川《てんりゆうがは》におりたちにけり

『ともしび』（昭和元年）

最上川のながれの上に冬虹のたてるを見れば春は来むかふ

『白き山』（昭和二十二年）

　第一首、この年大正十五年（昭和元年）は、三月末にアララギ初期からの朋友島木赤彦が没し、その前後茂吉はしばしば諏訪を訪ねている。見舞い、葬儀、墓参をねんごろになした。青山脳病院全焼の跡にドイツ留学から帰り、復興に全力を尽くし、この四月に開業許可を得た時期でもある。この歌は「十一月九日高木村に亡友の墓を弔」ったときのもので、一連には「諏訪」十三首、「霜」十四首、「信濃数日」八首のうち「霜」一連の中にある。「瀬」はここでは浅瀬などではなく、白波のたつ急流であろう。亡き友赤彦に報告するような一首の響きも私には親しい。筆跡は初期の特色が出ている作品で魅力的である。壮年らしい気負いも感じられこの一首への思いも解る。

歌集の作品と字配りが大幅に異なるが、それもこの時期には多く見られる。書の世界としての独立性をあるいは意識していたかもしれない。

第二首、大石田に疎開生活一年が過ぎた昭和二十二年冬の作。

　　わかくして懺《ざん》の涙をおとししが年老いてよりはや力なし

など『白き山』の絶唱「ひとり歌へる」（雑誌「人間」に四十首初出）、歌集『白き山』では同題名で四十一首があり、それに続く「山上の雪」（雑誌「人間」に四十九首初出）、歌集では、同題名で五十三首の大作の中にある一首。七十年の人生の中の二年間、生を共にした最上川について、斎藤茂吉の思いはのっぴきならないもので、縦横無尽の作歌力と共に多くの秀歌が残った。

掲出歌は、その生を共にした最上川の上に、冬ながら鮮やかな虹が見えて、この極寒の疎開地に春がもうすぐだと、思わず詠嘆したのであったろう。

戦後の歌壇も多くの識者の努力で復興しつつあったが、こういう茂吉の歌がどれほど敗戦国の苦悩と貧困にあえぐ人々に勇気を与えたか、ある短歌雑誌の編集者が、茂吉の歌を見て、短歌の未来を確信したというエピソードも残っている。

筆跡の力強さはそんな時代の風潮を無意識に受けて、自ずから湧いたものであったに違いない。

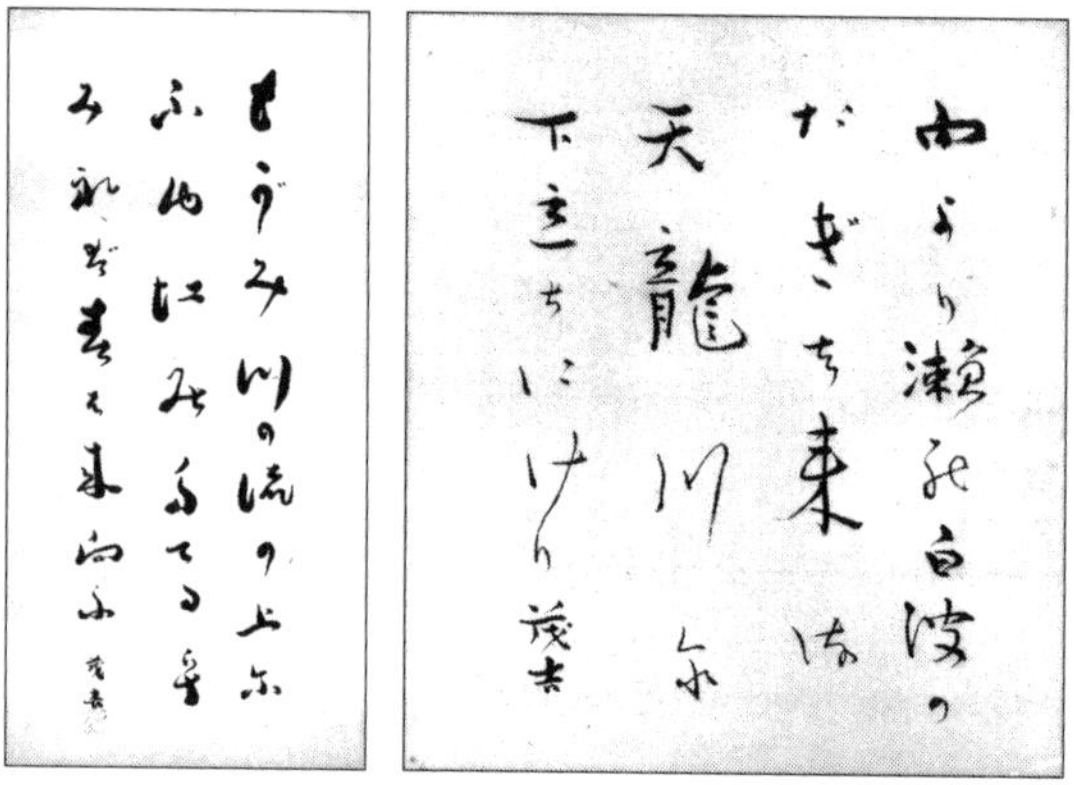

（斎藤茂吉記念館蔵）

茂吉肉筆のある歌⑩

一向に澄みとほりたるたましひのゴオホが寝たる床を見にけり

未所収歌（大正十三年）

まどかにも照りくるものか歩みとどめて吾の見てゐる冬《ふゆ》の夜《よ》の月

『白桃』（昭和九年）

第一首、大正十三年はドイツ・ミュンヘンで、留学の最終の年で茂吉は論文を全て仕上げ、ドナウ源流、ベルリンなど処々を旅している。七月二十二日ミュンヘンを去ってパリに向かい、翌二十三日に日本からはるばる来た妻輝子と合流している。以後二人はパリを基点におよそ四か月ヨーロッパ諸国を遍歴し美術館など多く見ている。パリには四十日ほど滞在し、その間にオーヴェールのゴッホの療養地、ポール・ガッセ家を訪ね、墓参もしている。夫人の外に安倍能成、板垣鷹穂、宮坂勝が同道している。その折ガッセ家の画帖（芳名録）に書き残されたものがこの歌である。

「一向」は、『のぼり路』に「一向《ひたぶる》にすめらみくに」の例があるから「ひたぶる」と読む。晩年のゴッホの精神状態を「澄みとほりたるたましひ」とみて、専門の医学者としての観入も働いているだろう。「床」はゴッホが入院生活をしたベッドで、ゴオホの絵では黄色で、強い印象をもたらす。

　数年前（二〇一七〜一八年）ゴッホ展が日本の各地を巡った時、この画帖がゴッホの絵と共に展示され、この歌を見たとき、私も少なからず興奮したことを忘れることはできない。

　第二首、普段見慣れている冬の夜の月だが、まどかに照るものだと、改めて感心し凝視しているところである。月光の賛美だが、どことなく孤独感が響いている。

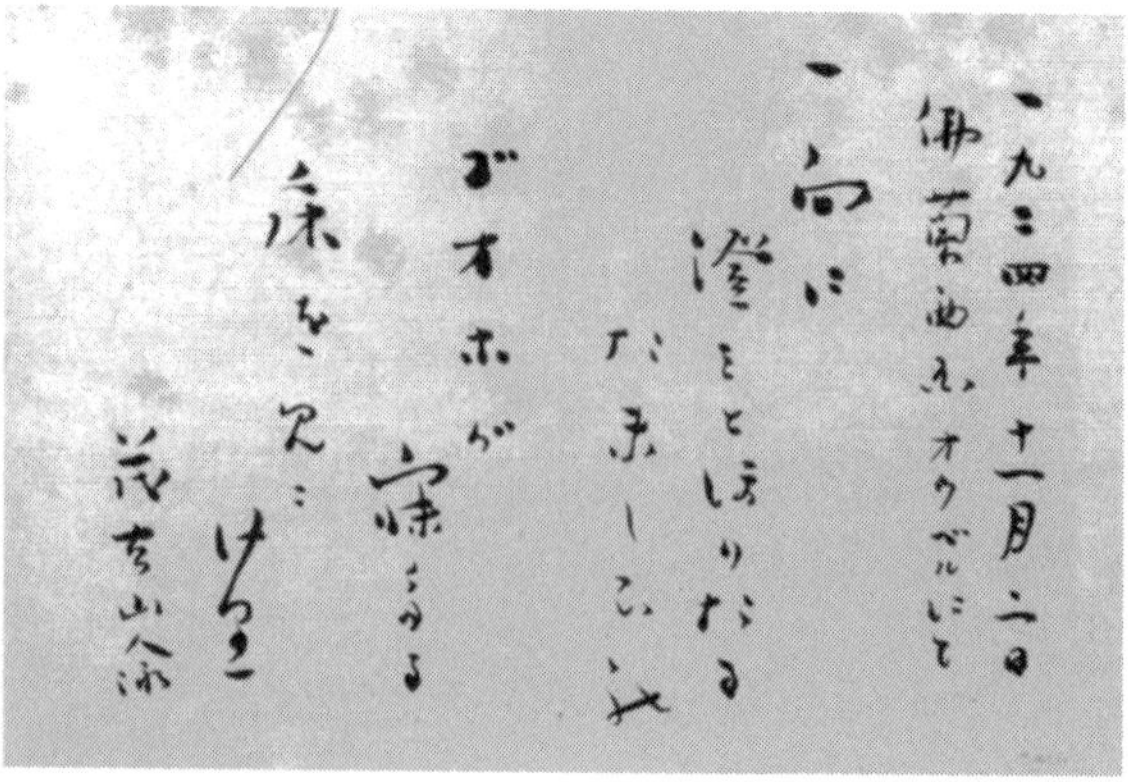

（斎藤茂吉記念館蔵）

「吾嬬《あづま》はや」となげきしみこゑ悲しけど倭建《やまとたける》のみことしともし　『白桃』（昭和九年）

冬の夜の中空《なかぞら》にいでてさだまらぬ白雲《しらくも》見つつ家に帰りぬ　同

街にいでて何をし食はば平《たひら》けき心はわれにかへり来むかも　同

等という歌が前後にあって、夫人との別居生活が影を落としていることが理解できる。大正十四年一月、青山脳病院全焼の跡に夫人とともども留学から帰国し、茂吉は病院の復興に全力を傾け、その念願を達成したころだから、「精神的負傷」は身に応えたに違いない。筆跡にもそれが籠っているように私には思える。

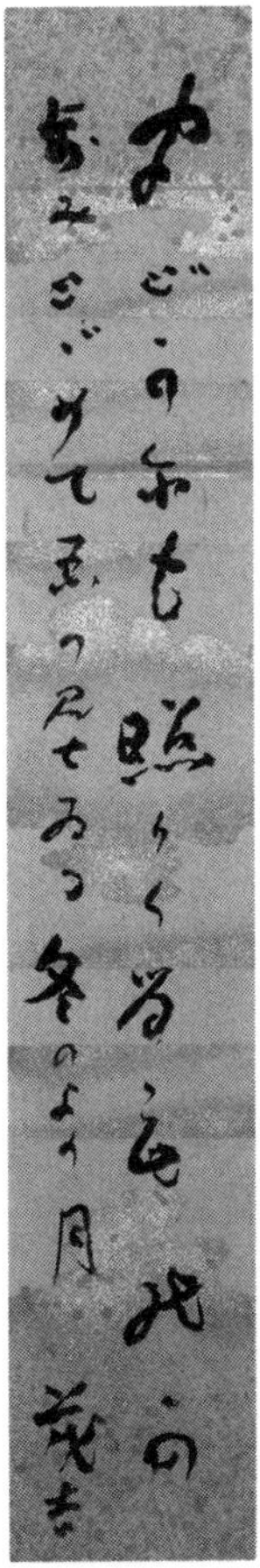

（斎藤茂吉記念館蔵）

Ⅲ

折々の茂吉論

1　門人は茂吉にどう酬いているか――佐藤佐太郎の場合

二〇二〇年三月、私は『茂吉からの手紙』（ながらみ書房）というささやかな茂吉論を刊行した。斎藤茂吉記念館のリニューアルオープンに共鳴して執筆したもので、若いころの茂吉が若い後進歌人に書き送った手紙から、茂吉の篤い短歌指導や生活助言がどんなものであったか。ある時は医師として病気の相談にもあたっているが、その実際がどういうものか手紙から明らかにしたものだ。永井ふさ子、結城哀草果、杉浦翠子、山口茂吉、原阿佐緒、佐藤佐太郎、河野多麻、次男斎藤宗吉（北杜夫）を取り上げている。

斎藤茂吉の手紙は一万通近く公になっているが、若い歌人、初心者に、実にねんごろに、熱っぽく、具体的に、助言を惜しまない。多くが大成していることも、茂吉の真の門人愛として改めて評価されることだと思う。

しからば、門人は茂吉にどう酬いているのだろうか。一家をなし、茂吉否定に進んだ歌人もいるが、多くが生涯にわたってその恩恵に感謝し、さまざまな形で茂吉を評価している。中でも佐藤佐太郎は、短歌結社「歩道」の運営にあたって斎藤茂吉の業績を踏襲し、進展させ、茂吉の歌・歌論のわかる門人の育成に当たった。その潔いまでの尊敬ぶりを随聞著二冊から選出し、書いておきたい。

佐藤佐太郎は十六歳の時茨城県平潟より上京、岩波書店に入社し翌年十七歳にて「アララギ」に入会、作歌を始めた。昭和二年三月には、斎藤茂吉にまみえ以後面会日には必ず茂吉の添削を受けた。佐太郎は十一月十三日生まれだから、十七歳の少年にして茂吉門の作歌者となったことになる。入門から五か月後の昭和二年八月には、茂吉から毛筆の葉書をもらっている。「少々気が利過ぎてゐる〇細かすぎる〇しかし、歌つくりもいろいろの処を通過するゆゑ、気長にやり玉へ。〇観方、もつと本物を観玉へ」というもので、少年佐太郎の才能を茂吉は鋭く見抜いた助言だった。

茂吉の謦咳《けいがい》に接し得る機会の多くなった佐太郎は、茂吉の談話の意義を若い感性で感じ、昭和五年二月二十六日から茂吉の随聞《ずいもん》記録をはじめ、昭和十六年十二月二十五日まで十一年間分が『童馬山房随聞』（昭和五十一年、岩波書店刊）としてまとめられた。佐太郎は岩波書店の編集者でもあるので、茂吉の書斎「童馬山房」への出入りが多くなり、この書名となったのだろう。それ以後、戦時下、疎開、敗戦、戦後貧困生活、茂吉の老を見守ったのが『斎藤茂吉言行』（昭和四十八年、角川書店刊）にまとめられている昭和十七年一月七日から昭和二十六年二月二十八日までの斎藤茂吉随聞である。晩年の茂吉は健康を害したため、頭脳の衰えた昭和二十七年以後について佐太郎は慎んで記録していない。

こうして、斎藤茂吉が最も輝いた四十代後半から、ぎりぎりの晩年までの短歌への貴重な思い、振る舞いを今われわれは読み知ることができるわけである。

一、二十二歳佐太郎が書き留めた茂吉の作歌真――『童馬山房随聞』より

『童馬山房随聞』にはこんな記述がある。

昭和六年の四月十日の記事「『君（山口茂吉）は話の方がおもしろいが、古泉（千樫）がそうだった。古泉の話をきいてるとてもおもしろい。鷺の歌を作るときなんか、鷺がたくさん寄ってぎゃあぎゃあさわいでいる、それでいて変に寂しいんだね。その話を聞いて僕らはうらやましくてしようがなかった。なんべんも巣鴨の方（小石川の伊達家の庭）へ通って、古泉は苦心して、できた歌はというと〈騒然として寂しきものを〉（「鷺の群かずかぎりなき鷺のむれ騒然として寂しきものを」（「川のほとり」））というんだから。これではだめだよ。それに相違はないが、芸術は二二んが四ではおもしろくない。もうすこし濁らなくては。古泉のものにはそういうものたりないところがあった』と言われた」。

茂吉は四十八歳、記録した佐太郎は二十二歳である。

作歌が「二二んが四」では面白くなく、もっと濁る必要があるという歌論・作歌真は、更にリアリティに徹し生命感あふれるものであれ、ということで今日及び将来の歌壇にとっても必要な示唆である。佐太郎の記録は、歌人茂吉のごく日常に輝いている、いわば後光のようなものさえ書き残し、茂吉の存在を高めていると言えよう。こういう例は数限りなく、茂吉の恩恵に酬いていることではないだろうか。

二、戦時疎開下ある日の茂吉——『斎藤茂吉言行』より

茂吉随聞『斎藤茂吉言行』にも、印象深い記録がたくさん残されている。戦時下の昭和二十年、茂吉は四月十日にすでに郷里山形県金瓶に疎開していたが、五月二十五日の東京大空襲により、茂吉の青山の自宅も病院も焼失、数日後に夫人と次女も茂吉の下に逃れて来た。佐太郎も同様に焼け出され、岩波書店を退職し、すでに家族を疎開させていた茨城県干潟町の実家に帰った。戦況は深刻化し、日本の都市の多くが米軍空爆下に置かれた。

そんな昭和二十年八月一日、本土決戦が言われ、佐太郎自身の運命もおぼつかない、生き続けることができないかもしれない。「もう一度先生に会っておこうとおもっ」て、茨城

から、二日をかけて鮎などを土産に、疎開中の茂吉を訪ねている。この日の茂吉日記には佐太郎から恵与品として「広瀬川上流ノ鮎八尾、雞卵八個、百合ノ根、若布、胡瓜三本、歯ブラシ一本。弁当持参」とあるので、疎開中の師を見舞う思いが強くあったことが解る。

「斎藤十右衛門家は先生の生家の上隣である。土間をはいった框《かまち》のところで輝子夫人と昌子さんが馬鈴薯をむいていた。単衣に前掛けをした先生が出て来られて、母家のわきを通って奥の土蔵に案内された。その蔵座敷が先生の住居になっている。座敷の外の縁に座布団をおいて坐る。縁には茶箱などもおいてあった。山城屋からわけてもらったという葡萄酒ののこったのを持って来てコップにつぎ、ここは昔から井戸のいいのがあるといって、つめたい方がいいだろうと水をそそいだ。先生はやや日焼けされた顔容で元気そうに見えた。『蔵座敷を提供してもらっているが、しめきっているとこれで暑くてね。鼠がはいるもんだから開けはなしにしておくわけにもいかないしね』」。

　上山金瓶疎開中の敗戦前の茂吉家族生活が断片ながら、このように書き残され、これだけでも意義があり、戦時下の師弟の四か月ぶりの邂逅はお互いに生きる勇気を抱くことになったのではないだろうか。

　昼食後、茂吉と佐太郎は上山の「山城屋」を目指して徒歩で向かい、途中、今の斎藤茂吉記念館のある明治天皇の行在所にてゆっくり休息した。蔵王が松の間から見え、茂吉は佐太郎に語っている。「こんどの戦争はもう大勝利というわけにはいかないことがたしかになったから、どうかして有利に局をむすぶということになるんだが、まけたら属国だからね」。佐太郎に歌ができるか聞き、「歌は進むときは作らなくても進むからいいんだ」と言った。更に「半郷に観音さまがあって、あそこの境内にいっていると気持ちがおちついていいね。村の山はやはり人に会ったりしていけない」等々の話をしている。この半郷の観音様には、茂吉歌碑がこのほど新しく建った。

　山城屋に着き夕食が始まったころに平福一郎氏（百穂長男）が着き、四人で酒を飲みながら話している。岡麓先生から梧竹八十七歳の書をもらったことや、「歌集ならどんな歌集でもまずこれならいいという歌が何首かあるもんだが、書は書きなおすことが出来ないからむずかしい。画よりむずかしいな」などと話している。

　翌日は白禿山などを散策し別れ、茂吉日記には「佐藤君ハ五時発ニテ仙山線ニテ帰ツタ筈デアル、○友アリ遠方ヨリ来リ、ウレシイガ別ハツライ」と記されている。

2　高齢時代と茂吉の歌——生きることを支える抒情詩短歌

昭和四十三年（一九六八）に開館した山形県上山市の斎藤茂吉記念館の館長を務めて私は十数年になる。私自身、一歌人として短歌に関わってから半世紀以上になり、茂吉の優れた門人である佐藤佐太郎に師事することもできている。

斎藤茂吉は七十余年の生涯に一万七千首を超える短歌を残しており、生きている喜びを感じさせ、生きる力を与えてくれる作品が少なくない。完成度の高い芸術性から生きる勇気を感じてほしく、ここにいくつかの作品を紹介したい。

あかあかと一本《いっぽん》の道《みち》とほりたりたまきはる我《わ》が命《いのち》なりけり　『あらたま』

青年時代、自身の進むべき未来を見据えた歌である。彼にとっては医学と作歌の道がひときわ明るく、命そのままに続いているという潔い覚悟が感じられる。読者の我々にも、快い共感を沸き起こさせてくれる。

最上川の上空《じやうくう》にして残れるはいまだうつくしき虹の断片《だんぺん》　『白き山』

虹を、美しく、鮮やかに表現した歌である。半円弧の虹がやがて断片となったとき、その美しさは変わらず、むしろ強調されて最上川の上に見えている。この歌に表現された高い芸術性には、人を励ます力がある。

みづからの落度《おちど》などとはおもふなよわが細胞は刻々死するを　『つきかげ』

高齢になれば、だれでも物忘れなどが多くなる。それは人間として脳細胞が刻々死滅し減っていくためで、自身の努力不足などではない。老いても堂々と生きたまえと言う茂吉の声が聞こえてくるようだ。自らを鼓舞して詠嘆したのだろうが、読む者も、老い衰えることを恐れなくてもよいのだ。

茫々としたるこころの中にゐてゆくへも知らぬ遠《とほ》のこがらし　『つきかげ』

意識がぼうぼうとする日があり、そういう自身を凝視している歌である。おそらく郷里の上山、蔵王の裾野の山々を吹く木枯らしを詠んでいる。ここに、崇高で厳粛な生き方が感じられる。こうした歌に共感したり、あらためて自身の生きる現実に思いを巡らすのが、心豊かに生きることに繋がると私には思えるのだ。

3　随筆など生原稿も見どころ――斎藤茂吉記念館

斎藤茂吉記念館は二〇一八年、お蔭様にて創立五十周年を迎えた。それに先だって八か月以上かけたリニューアル事業も立派に完成。時代の要請にこたえるバリアフリー化も、新しく創意工夫し来館者の参加を旨とした参加型展示も好評で、多くの来館者を迎えている。一九六五年、斎藤茂吉没後十三回忌を記念して斎藤茂吉記念館構想が発表され、山形・上山両市長が中心に準備を進め、一九六八年九月に現在の蔵王連峰を仰ぐ景勝地「みゆき公園」に上山市立として開館した。その後一九八三年に財団法人に移行し、現在は公益財団法人として運営管理が行われている。

この間多くの地元先進の御努力、文化芸術愛、斎藤茂吉尊敬の思いが実を結んでいるわけで、後進の一人として、先ず頭《こうべ》を深く垂れて感謝しなければならない。斎藤茂吉について、比較文学の権威・芳賀徹氏が奇しくも、近代日本百年間に活躍した抒情詩人の中で一番、世界を見渡しても五本の指のうちに数えられる存在だと言っている通りで、例えば

最上川逆白波《さかしらなみ》のたつまでにふぶくゆふべとなりにけるかも　『白き山』

最上川の上空《じやうくう》にして残れるはいまだ美しき虹の断片《だんぺん》　『白き山』

目のまへの売犬《ばいけん》の小さきものどもよ生長《せいちやう》ののちは賢《かしこ》くなれよ　『つきかげ』

などという歌。こんなにも自然を厳粛に捉え、力強く詠えた歌人は他になく、また、虹をこれだけ美しく見、美しく言えている歌もない。更に、ごく日常の嘱目《しよくもく》の可愛い売犬を自身に引きつけて、これほどまでに人の真情のこもった歌を詠えた歌人も居ない。

その上に、茂吉は「柿本人麿」などの研究・歌人論に情熱を注いだ。その膨大な生原稿が本記念館に展示されていて多くの人が瞠目《どうもく》している。また、「ドナウ源流行」などの随筆も多く残されており、その執筆量はケタを外れたもので、若い学徒は多くの刺激を受けるに違いないだろう。

手帳の記録、受験勉強のノートなども非凡で、見学者の心を捉えている。その他に少年期から梧竹を手本とした本格的な書、疎開時に身近な草木の美に魅かれた絵画なども多数あり、一人の人間の業績の豊富さは多くの人を魅了してやまないと思う。

リニューアルの新展示の一環で、少年期、青年期、壮年期、医学関係、晩年期などの茂吉を中心とした人物交流相関図を写真、図解等によって平明に示している。言わば、人間茂吉がいかに形成されて来たかを理解できるようになっている。なかなかの出来で、特色の一つになっているので、歌人茂吉だけではなく人間茂吉にも注目してほしい。

有り難いことに、茂吉記念館には斎藤家をはじめとして、多くの貴重資料が寄せられている。つまり、表に出ていない資料も極めて豊富だ。本記念館が大切に整理、保管すると共に、広く活用され、とにかく茂吉が見られ、茂吉が語られ、そうして茂吉を究めてほしいと思っている。殊に若者や学生にそれを期待してやまない。

初出一覧

Ⅰ　「市報　かみのやま」２０２２年４月号～２０２３年３月号（上山市役所）

Ⅱ　「うた新聞」２０１９年４月～２０２１年３月（いりの舎）

Ⅲ　「歩道」（歩道短歌会）、斎藤茂吉記念館館報

斎藤茂吉略年譜

明治		
一五（一八八二）年	五月十四日 山形県南村山郡金瓶村に生まれる。	
二九（一八九六）年	一四歳	八月 上京し、浅草区東三筋町の斎藤紀一方に寄寓。 九月 開成中学校第五級（第一学年第二学期）に編入学。
三五（一九〇二）年	二〇歳	九月 第一高等学校第三部に入学。
三八（一九〇五）年	二三歳	一月 正岡子規遺稿『竹の里歌』を読み、作歌の志をいだく。 九月 東京帝国大学医科大学に入学（明治四十三年卒業）。
三九（一九〇六）年	二四歳	二月「馬酔木」に歌五首が載る。三月 はじめて伊藤左千夫宅を訪問。
四一（一九〇八）年	二六歳	十月「阿羅々木」（アララギ）が創刊され、その第一号に短歌二十三首が載る。
四二（一九〇九）年	二七歳	一月 観潮楼歌会にはじめて出席、森 鷗外、与謝野鉄幹（寛）、石川啄木、木下杢太郎、吉井 勇、北原白秋らと会う。
大正		
二（一九一三）年	三一歳	十月 第一歌集『赤光』出版。
三（一九一四）年	三二歳	四月 斎藤紀一の次女輝子と結婚。
五（一九一六）年	三四歳	四月『短歌私鈔』出版。
六（一九一七）年	三五歳	十二月 長崎医学専門学校教授に任ぜられ、長崎に赴任、精神病学と法医学を講じる。
八（一九一九）年	三七歳	八月『童馬漫語』出版。
一〇（一九二一）年	三九歳	一月 歌集『あらたま』出版。 十月 海外留学の途に就く。
一一（一九二二）年	四〇歳	一月 オーストリア・ウィーン大学神経学研究所マールブルク教授の指導を受ける。
一二（一九二三）年	四一歳	七月 ドイツ・ミュンヘン国立精神病学研究所シュピールマイエル教授の教えを受ける。

	一三（一九二四）年	四二歳　十二月 青山脳病院全焼。帰国途上の船中にてその報を受ける。
	一四（一九二五）年	四三歳　一月 帰国。病院再建に奔走する。
	一五（一九二六）年	四四歳　五月「アララギ」の編集発行人となる。
昭和	二（一九二七）年	四五歳　四月 養父紀一より再建した青山脳病院長の職を継ぐ。
	四（一九二九）年	四七歳　四月『短歌写生の説』出版。
	九（一九三四）年	五二歳　八月 蔵王熊野岳山頂に自身の歌碑が建つ。 十一月『柿本人麿』出版。（〜十五年十二月 全五冊）
	一二（一九三七）年	五五歳　六月 芸術院会員となる。
	一五（一九四〇）年	五八歳　五月『柿本人麿』の業績により学士院賞を受ける。 この年、歌集『寒雲』『暁紅』、随筆集『不断經』等を出版。
	一七（一九四二）年	六〇歳　二月 歌集『白桃』、八月『伊藤左千夫』等を出版。「作歌四十年」を執筆。
	一八（一九四三）年	六一歳　十一月 歌集『のぼり路』、『源實朝』出版。
	二〇（一九四五）年	六三歳　四月 山形県堀田村金瓶に疎開。（八月終戦）
	二一（一九四六）年	六四歳　一月 山形県大石田町に移る。　三月 肋膜炎に罹り約半年間の療養生活をおくる。
	二二（一九四七）年	六五歳　四月『作歌實語鈔』出版。　八月 東北巡幸中の天皇に上山の旅館で拝謁。 十一月 大石田より東京都世田谷区代田に引き上げる。
	二四（一九四九）年	六七歳　四月 歌集『小園』、八月 歌集『白き山』出版。
	二五（一九五〇）年	六八歳　十一月 新宿区大京町の新居に移る。
	二六（一九五一）年	六九歳　十一月 文化勲章を受ける。
	二七（一九五二）年	七〇歳　五月『斎藤茂吉全集』（全五十六巻・岩波書店）発刊。
	二八（一九五三）年	二月二十五日 逝去。享年七十歳九ヶ月。（三月 築地本願寺で葬儀・告別式） 戒名「赤光院仁譽遊阿暁寂清居士」は生前自ら選ぶ。

資料提供：斎藤茂吉記念館

著者略歴

秋葉四郎（あきば　しろう）

昭和 12 年、千葉県生れ。歌人・文芸評論家・随筆家、博士（文学）。斎藤茂吉記念館館長。昭和 42 年「歩道」入会、佐藤佐太郎に師事。現在「歩道」発行人。歌集に『街樹』『黄雲』『極光』『来往』『遠遊アンデス』『新光』『鯨の海』『東京二十四時』『蔵王』『自像』『みな陸を向く』『樹氷まで』、歌書に『現代写生短歌』『歌人佐藤佐太郎』『新論歌人茂吉』『歌人茂吉 人間茂吉』『茂吉入門――歌人茂吉 人間茂吉』、随筆に『アンデスの雷』『短歌清話　佐藤佐太郎随聞』などがある。

随想《ずいそう》茂《も》吉《きち》

初版発行　2024年5月15日

著　者　秋葉四郎
発行者　石川一郎
発　行　公益財団法人 角川文化振興財団
〒359-0023 埼玉県所沢市東所沢和田3-31-3
ところざわサクラタウン 角川武蔵野ミュージアム
電話 050-1742-0634
https://www.kadokawa-zaidan.or.jp/
発　売　株式会社 KADOKAWA
〒102-8177 東京都千代田区富士見2-13-3
電話 0570-002-301（ナビダイヤル）
https://www.kadokawa.co.jp/
印刷製本　中央精版印刷株式会社
 ISBN978-4-04-884600-4 C0095